Alguém sobrevive nesta história

Felipe Poroger

Alguém sobrevive nesta história

todavia

Para Catharina, Luiz, Raphael e Regina

Passamos por certas situações que nos rendem a alcunha de *sobrevivente*. É possível, por exemplo, entrar em um navio, rumo a um lugar distante, a um ponto do universo do qual se desconhece a língua, a paisagem, as pessoas, e ainda assim chegar e viver e gozar. *Sobrevivente*. É possível, também, nascer pobre, no interior mais recôndito do nada, nos abismos de um país quase pobre, no qual, em meio a um contingente gigantesco de pobres, você é só mais um com o dever de gozar. *Sobrevivente*. E, quem diria, pode acontecer também — como atesta o livro responsável pela nossa ilustre formação — de se nascer bruxo e, numa noite que é mais noite que todas as outras, ser condenado à morte como todos que o antecederam, mas, sabe-se lá por qual motivo, ainda assim respirar. E chorar. E virar notícia. Lenda.

E aí, o que lhe resta é uma cicatriz. Além do trauma. Do fardo. Da fama. E da alcunha: *sobrevivente*.

I

pedaços de memória e outras coisas que guardei

[ou quase tudo que antecede
23 de julho de 2007]

Las cicatrices pueden ser útiles.

Albus Dumbledore, em *Harry Potter y la piedra filosofal*

I

Como são encantadores os inícios.

Sou fruto da união absolutamente equivocada entre uma doceira judia e um advogado ateu.

Sou o momento em que este insosso guardião das leis resolveu, numa bela manhã de 1989, comprar um punhado de docinhos para os seus estagiários. Sou também a confeiteira, herdeira puro-sangue do povo hebreu que, do outro lado do balcão, vendeu a ele um pouco de açúcar e lhe entregou de brinde, pelos anos seguintes, a sua energia vital.

Mamis, papis. A conta nunca fechou. E quem racha o montante dessa baixaria do destino sou eu. Logo eu, o milagre bíblico de ter nascido de um útero de quarenta e quatro anos, fecundado por um quase sexagenário, ainda mais velho do que a pílula azul. Eu, o instante alegre em que duas almas na marcha rumo à obsolescência se convencem de que se não gozar dentro tudo dará certo.

Nascer, a bênção inaugural.
Viver, o agora-aguenta.
Como são encantadores os inícios.

Pensem nas grandes obras, nos grandes livros, nas primeiras linhas, seus encantos de cortar entranhas. "Ao verme que primeiro roeu as frias carnes do meu cadáver, dedico como saudosa lembrança essas memórias póstumas." Uau. Como podem ser encantadores os inícios.

"1,1. No princípio Deus criou os céus e a terra. 1,2. Era a terra sem forma e vazia; trevas cobriam a face do abismo, e o Espírito de Deus se movia sobre a face das águas. 1,3. Disse Deus: 'Haja luz', e houve luz." Chocante. Um combo de três versículos-golpes aterradores que consagram *our Lord* como peso-pesado no hall dos começos. Eu louvo a Vossa escrita. Invoco-Te, ó Muso-Mor, para abençoar a minha.

Abençoe os versos que virão deste fruto de uma união absolutamente equivocada. O matrimônio entre a terra sem forma e o abismo. Abençoe este gênesis meia-bomba: sim, eu — aquele que só hoje, aos mais de trinta, conseguiu forças para recontar sua própria história à nação sedenta. Ou a três, quatro pessoas que, desocupadas, poderão se interessar.

Vamos, então, ao que importa. Ao passado. Ser judeu, afinal, é nunca negar uma viagem ao que veio antes. E, sim, talvez esta história seja sobre isso. Ou, quem sabe, sobre toda a bruxaria desvelada em minha vida a partir do primeiro volume daquelas sete obras monumentais.

Pois é, tudo tem seu começo, seu ponto zero. Tomemos fôlego. E cabe um instante de inspira-expira para absorver o encanto das palavras inaugurais de um best-seller enfeitiçado e saudá-las como o alfabeto de tudo o que eu viria a ser.

Minha pedra de roseta filosofal. Decifra-me.

Libro Uno. Capítulo Uno. El Niño que Vivió. *El señor y la señora Dursley, que vivían en el número 4 de Privet Drive, estaban orgullosos de decir que eran muy normales, afortunadamente. Eran las últimas personas que se esperaría encontrar relacionadas con algo extraño o misterioso, porque no estaban para tales tonterías.*

Pausa. Quem não souber quem são os Dursley que se informe, disfarce, se envergonhe, mas siga: não importa. Até porque não tenho nada a ver com os Dursley, a não ser pelo fato de que, do meu nascimento aos cinco anos de idade, eu também podia ser visto e celebrado como *muy normal.*

Pasmem. Mesmo gestado por equívoco, escorrido em um tsunami de sêmen pagão e fertilizado em um interior iídiche, reequilibrei meu destino. Contra todas as chances, mamãe cuspiu um bebê pacificado, em nada extraordinário, *afortunadamente.* Nasci sem traços marcantes, corriqueiro, no *best of the best* da trivialidade.

Entre todos os bebês, eu era o último que *se esperaría encontrar relacionado con algo extraño o misterioso.* Ninguém, muito menos eu, *estaba para tales tonterías.*

Anônimo e indistinto, comecei à moda Dursley.

Durou pouco.

E certamente esta história será sobre isso.

2

Até os cinco, eu dormia sozinho. O casamento dos meus pais desandaria nos anos seguintes e, até que se arruinasse por completo — levando meu pai a dividir a cama e as frustrações comigo —, eu dormia sozinho.

seu filhote é normal,

saudava o pediatra, na estupidez de seu vocabulário anos noventa.

Até hoje, penso nos meus primeiros passos como auge. Na época, eu ainda não carregava o fardo. A lama. Pediatricamente normal me bastava. Pediatricamente *muy normal* era meu objetivo e meu feito.

Não, o sucesso de ter superado minha pré-história como esporro acidental não tinha motivos para subir à cabeça, nem mesmo — ou muito menos — quando me talharam a tampa do micropênis em meu oitavo dia. Circuncisão, o doce início de tudo.

Vejam só, ofertaram o cobertor da minha glande para celebrar a aliança viva entre Deus e os humanos e, mesmo assim, segurei a humildade. Pediatricamente normal. Daria tudo para ter seguido assim.

Juro, não queria tudo o que veio depois. Todo o fardo. O drama. E é por isso que hoje comemoro o fato de que, ao menos até os cinco anos, eu tenha sido apenas mais um. Não dava trabalho, não tinha cartaz e, sim, ainda conseguia dormir sozinho.

É triste que as memórias desses anos sejam escassas e que o ponto alto de uma vida possa acontecer no período de formação cerebral. Mas talvez a felicidade dependa disso, não? De ser uma geleia derretida, molenga, passiva, largada aos instintos e às papinhas da Nestlé.

Seja como for, escassas também são as imagens de meus pais dormindo juntos. As que restaram na lembrança são flashes de uma dupla de estranhos deitados de costas um para o outro, no escuro de um quarto ao fim do corredor. Estranhos na mesma cama, estranhos na mesma cena.

Certeza quantitativa: não foram poucas as madrugadas em que levantei para olhar aquele quadro triste, descobrindo aos poucos a melancolia de tudo que se acaba. Certeza qualitativa: eu passaria décadas achando que estar junto é só um outro jeito de estar separado.

Bom, acontece com muitas crianças de terem fortes dores nas pernas enquanto dormem. E eu fazia parte das estatísticas. Acordado pelos meus músculos, urrando de agonia, me restava engatinhar até a cama daqueles dois estranhos e me postar no abismo entre seus corpos inertes. Fui levado a muitos médicos, me lembro. Todos eles — e disso não me lembro, me contaram — eram unânimes em dizer que aquilo era normal, saudável; uma dor de crescimento.

Naquelas noites, meu pai se levantava — pois esse papel cabia a ele — e me colocava imerso em água quente, na banheira miúda do nosso apartamento. Pouco a pouco, o calor amansava meus nervos, a dor se dissipava e logo se transformava em diversão, porque era ali, sobre o gesso de uma bancada, que ficavam meus brinquedos preferidos.

Do tubarãozinho que crescia em contato com a água aos bonecos de plástico dos heróis que eu não era, minha coleção estava sempre a postos. E era assim que, durante horas, eu me distraía no silêncio da madrugada enquanto meu pai roncava, sentado na privada.

Não me lembro de muito além disso, mas, mergulhando noite atrás de noite em *tonterías existenciales*, eu começava a entender que não existe crescimento sem a dor que faz crescer.

3

Curiosamente, *el señor Dursley era el director de una empresa llamada Grunnings, que fabricaba taladros. Era un hombre corpulento y rollizo, casi sin cuello, aunque con un bigote inmenso. La señora Dursley era delgada, rubia y tenía un cuello casi el doble de largo de lo habitual, lo que le resultaba muy útil, ya que pasaba la mayor parte del tiempo estirándolo por encima de la valla de los jardines para espiar a sus vecinos.*

Admito, havia algo de Dursley no meu esquálido patriarca. Diferente do *señor*, porém, papai não fabricava *taladros*. O que quer que essa porra signifique. A menos que *taladro* denote mágoa, desilusão ou ressentimento, ele de certo não fabricava taladros. Mas o espírito burocrático, sublinhado por bigode grosso, era integralmente dursleyano.

Minha mãe, por sua vez, não tinha nada da *señora*. E, enquanto esteve com meu pai, não apenas nunca se ocupou de observar *sus vecinos*, como também falhou miseravelmente em observar a si mesma. Acompanhava o papi-relator em todas as decisões e dinâmicas.

Dentre os mandamentos que regiam minha criação, constava, inclusive, a regra fundamental de que sob hipótese alguma se rejeita um cliente. Mamis, a judia, nunca rejeitou papis. Papis, o trouxa, nunca rejeitou *money*. E *money*, esse elo ecumênico de nossas vidas, terminou por contagiar todos nós.

se o juiz lalau quiser um bolo de reis fresquinho,

eu vendo um carregamento de bolo de reis pro juiz lalau!, ouviu?

ouvi, mãe.

Bolo de Reis é um doce desavergonhadamente cristão, presentinho dos três Reis Magos ao menino Jesus, comercializado por minha mãe judia e aparentemente apreciado pelo Juiz Nicolau do Santos Neto, o Lalau.

O juiz era o bandido da vez, seu nome varria os noticiários e, não raro, meu pai também se dizia pronto para lhe oferecer seus serviços de advogado. Tudo para ilustrar o mandamento de que não se rejeitam clientes. Entendido? Entendido.

Foi numa terça-feira de manhã que a Tia Sarita, minha psicanalista, sugeriu que eu trocasse de psicanalista. A essa altura, eu já tinha doze anos e estava, portanto, diante de uma lunática rasgadora de leis.

é dinheiro o problema, tia?
frequento seu consultório desde os meus oito anos.
posso ser gordo, feio, mas não se rejeita um cliente.

Levaria alguns anos para que eu entendesse mais ou menos o funcionamento da psicanálise. Mais ou menos. Com doze, só consegui perguntar por que ela me rejeitava e, confesso, talvez tenha colocado em pauta o nome do Juiz Lalau para reforçar meu ponto.

Tia Sarita, sempre séria, insistia que, a partir daquele momento, "até por toda a questão paterna" (faça-me o favor, Tia Sarita!), seria importante que eu fosse atendido por alguém que tivesse um pinto. O que não era o caso dela, concluí.

(olha, veja bem, infelizmente,
não posso te vender esse bolo de reis,

mas vou te indicar uma doceria administrada por
alguém que tenha um pinto)

Ter um pinto, ao que parecia, era uma característica do dr. Oliver Babiak, um tipo estranho e tido em alta conta por amigos eruditos de algum judeu admirado, conhecido distante de minha bem-intencionada mãe. Descendente de ucranianos, este novo guru era, a meu ver, apenas portador de um nome de harpista bêbado incompatível com seu rostinho de capivara recém-nascida.

Com a autoestima de um cliente rejeitado, toquei em seu consultório. Nos encaramos por exatos dez minutos até que ele se dignasse a falar. Praxe, preguiça ou truque, começou me perguntando o motivo da visita.

parece que é importante eu ser atendido
por alguém que tenha um pinto, doutor.

Silêncio.

e como você sabe que eu tenho pinto?

Psicanálise. Nunca mais voltei.

4

Eu sonhava com o pós-guerra.

Com nove anos, antes do massacre de Babiak, eu sonhava com o pós-guerra.

4ª B, atenção!
classe, silêncio.
redação de lição de casa:
se vocês pudessem escolher
qualquer lugar do mundo para ir,
em qualquer época,
para onde iriam?

Me mandem para o pós-guerra.

Convenhamos, à beira de completar a primeira década de vida, nenhum judeuzinho que já tenha sido apresentado minimamente à literatura, ao cinema e à neurose vai ignorar a vidinha do Brooklyn dos anos 1950, quando eu e Alexander Portnoy passeávamos juntos, vomitando as belas agruras de fazer parte do *fucking* Povo Escolhido.

A cada janelinha, uma iídiche mamma nova-iorquina moldando seus filhos ao rabinato ou à loucura, empilhando exemplos de moços bem-sucedidos em sobrenomes impronunciáveis.

Nobel, Pulitzer, Hollywood e a turminha toda, Einstein, irmãos Marx, até Chaplin que nem judeu era, judeu virava. Saudades de nós. Ser judeu é crescer ouvindo que todos os gênios e gênias da humanidade foram e são judeus.

Ou filhos de. Ou netos de. Ou influenciados por. Ou.

Quis o destino, porém, que eu nascesse no Brooklin. Foi só trocar o *y*, cruzar o continente e a avenida Santo Amaro e lá estávamos, perdidos na desorientação miscigenada do Brasil quase feliz, às vésperas da virada do milênio.

Em nome da assimilação étnica e da futura preparação para o vestibular (que aconteceria dali a quinze anos), fui colocado, desde o berçário, em um colégio fundado por padres afáveis e tolerantes — número um dos rankings nacionais de educação e civilidade.

Nos feriados e eventos católicos, a escola me dispensava. Nos feriados e eventos judaicos, a escola me dispensava. De certo, isto seria uma grande notícia ao respeito universal às religiões e ao meu direito à vagabundagem não fosse a sensação de não pertencer nunca a lugar nenhum. Que raios sou eu?

Um príncipe mestiço, bebezão da judia e do ateu. Que delícia ter uma quase identidade num mundo de agonia e solidão. Cinquenta por cento. Contas. Judeu ou não-judeu, eis a.

mas, sim, você é judeu, cara!
sua mãe é judia, tá no sangue, tá no ventre!

[...]
ah, sim, mas entendi, ela nunca entrou numa sinagoga,
nem te obrigou a entrar em uma
e ainda vende doces cristãos

[...]
mas jesus era judeu — tanto faz, você é brasileiro

[...]
fora que você mesmo diz que essa coisa de judeu
ser povo escolhido é meio estranha, não é, não?
concordamos que é vergonhinha alheia, né?

[...]
então, pronto!
e por que você quer tanto ser judeu?
é recreio, só relaxa...

Por ora, trabalhemos com o porque sim.

Ser judeu é também não conseguir relaxar.

Confinado no Brooklin, mas mirando sempre o *y*, cacei a idolatria hebraica dentro de nossa nação. Sem sucesso, Marcelinho Carioca não era judeu. Gabriel, o Pensador, escapou ao nosso povo. Claudinho, Bochecha, Nerso da Capitinga, o bonequinho virtual Hugo. Beto Jamaica, outro país. Anos 1990, muitos ídolos, zero circuncisão.

Só me restou olhar mesmo para fora, praquele cineasta americano de óculos de aro grosso, neurótico, acusado de pedofilia. Suspiros. Meus ídolos morreram de cancelamento, *yeah*, diria o poeta. Mas me perdi, divago.

Ah, sim. Brasil. Judaísmo. Eu, cinquenta por cento judeu. Minha mãe, vamos lá.

Os livros clássicos e as piadas da cartilha judaica me faziam sonhar com uma mãe histriônica e autoritária para chamar de minha. A realidade, porém, me entregou uma matriarca compreensiva e ponderada.

Mamis, inclusive, pressinto, me criou para ser gay.

Percebi desde cedo e, claro, especulei motivos judaicos que talvez explicassem essa criação. Especulei, naturalmente, que ela não quisesse competir com outras mulheres. Que desejasse ser a única mulher da minha vida. Sonhei que, puta que pariu, ela me sufocasse só um pouquinho. Mas não. Nem isso.

Não, não, não, não. Ela só achava por bem criar um ninho de liberdade pro filhote. Mas quem, quem aguentaria tanta liberdade? Grita, mãe! Preciso das ordens de uma general! Alguém que me guie com mão forte pelos caminhos dessa vida tortuosa dos playgrounds multicoloridos da classe média! Não me deixem tão soltinho! Me enlacem com uma camisa de força adornada com trechos da Torá ou não me culpem se eu não ganhar um Nobel.

Nobel. Não é esse o ponto. Merda, me perco.

Eu falava dos goys. Digo, dos gays. Todos os amigos dela, além de goys, são gays. O Chico é gay, o Pedro e o namorado do Pedro são gays, o Flavinho é gay também.

vocês vão ver!
vocês vão ver, homens lindos, sensíveis, artistas!
muitas lágrimas serão vertidas no dia em que
eu assumir minha heterossexualidade no seio desse
antro humanista.

Eu teria gritado, mas não gritei.

Nunca gritaria.

Não tinha esse vocabulário, nem esse tônus.

Internalizava o chilique, estocava os gritos, deixando meu inferno fermentar na garganta. Envelhecer na garganta. Maturar na garganta, num tonel de agonias frescas. Só mais um pouquinho. E ainda mais um pouquinho até o dia amanhecer.

Assim que cruzasse os portões da escola para mais um dia de bosta, eu estaria a salvo: Amanda teria as palavras certas para aterrar os meus acúmulos.

5

Costumava-se dizer que Amanda era uma puta. Mal tinham cuspido seus dentes de leite, os mocinhos já descarregavam pela boca os mais profundos dos esgotos. Amanda era a puta, a gótica, a chorosa, a alternativa que talvez tenha engravidado seis vezes, talvez não. O dia a dia escolar era um catálogo de histórias sexuais vulgares, perversas, das quais ela era sempre protagonista.

Amanda entrou em nossas vidas na metade de um ano qualquer. Na véspera de sua chegada, a diretora da escola (cristã, compreensiva, construtivista, cafuné) passou em todas as classes pedindo que a tratássemos com carinho, pois Amanda chegava trazida por um trauma *triste demais para ser compartilhado*.

A frase virou motor para uma infinidade de boatos e o pedido por carinho se metabolizou, de maneira assustadoramente estranha, em incentivo para o seu oposto.

Segundo os levantamentos dos anos seguintes, dezesseis garotos da minha série deram o primeiro beijo com Amanda. Oito perderam a virgindade com Amanda. Cinco, abre aspas, tiveram seus pênis engolidos por Amanda. Quatro, durante anos, só conseguiam se masturbar pensando nela. Sobravam três. Três que, no entanto, nunca tinham tido nenhum tipo de contato físico com mulheres. Desses três, dois formavam um casal gay, eram hostilizados, resistiam e se bastavam.

O outro era eu.

6

Sempre fui o outro, agora percebo. Muito antes de Amanda. E, se não se importam, voltemos rapidamente aos meus cinco aninhos. Assunto maior não há. Condenado a relembrar, lamentar e relamentar o fim da minha primeira infância — meu auge! —, admito que é de Sísifo sentir prazer nas pedras. Antes do fardo, a cama.

Tragédia ou farsa, minha história também *comienza cuando el señor y la señora Dursley se despertaron, un martes, con un cielo cubierto de nubes grises que amenazaban tormenta. Pero nada había en aquel nublado cielo que sugiriera los acontecimientos extraños y misteriosos que poco después tendrían lugar en toda la región.*

Em 1995, numa dessas tormentas, a casa e a vida começaram a se reconfigurar: sem pedir licença, meu pai optou por dormir comigo. E, a partir daí, fez disso uma nova dinâmica das noites. Preferia meu edredom colorido ao sofá duro da sala.

Dormir com minha mãe, segundo ele, já não era mais uma opção. Mudar de casa, até aquele momento, tampouco. Era o seu segundo casamento que fracassava e, abrigado sob meus lençóis, meu pai demoraria mais cinco anos para admitir o término.

O primeiro matrimônio, quase duas décadas antes, tinha gerado uma filha, minha irmã chilena — Maribel, dezessete anos mais velha que eu, natural de Viña del Mar, mistério maior de minha infância, cujos gostos eu ignorava e cuja língua fui entender só mais tarde. Maribel morava com a mãe no Chile e nos visitou três vezes até os meus dez anos.

De minha mãe, sou filho único, fruto besta do seu também único casamento, que àquela altura fracassava e me levava a reboque.

Antes de dormir, meu pai, meu companheiro de cama — estaria minha mãe me habituando a deitar com homens? —, contava histórias brilhosas de impérios distantes, de universos tão puros e inofensivos quanto o que ele tentava, cotidianamente, construir para mim.

Os mundos inventados por meu pai eram mundos em que as pessoas se amavam, se apaixonavam e brincavam nas mais aconchegantes das casas, sempre penduradas em árvores. Não, nenhum de seus personagens jamais passou por um divórcio.

Eu vivia, então, em uma redoma, com noites cheirando a lavanda, espuma de banho e perfume amadeirado de pai.

Meu pai dizia dormir comigo por gosto, não por necessidade ou fracasso.

O mundo pareceria mais bonito assim.

7

Antes de visitar e desvisitar o pinto-fantasia do dr. Babiak, fui diagnosticado pela Tia Sarita — aquela mulher sem coração nem tino comercial — com transtorno obsessivo-compulsivo. Eu tinha quase onze anos.

Desde cedo, aprendi os termos médicos, os sintomas, os remédios e comecei a me adjetivar como obsessivo antes mesmo de entender do que se tratava.

Não conversávamos muito, eu e Tia Sarita. Ficávamos jogando can-can, quebra-gelo, quebra-cabeça e, papo vai, papo vem, ela se revelou médica e saí de lá com uma receita. Duas, três gotas de fluoxetina por noite e tudo se acalmaria.

No caminho da farmácia, aprendi com meu pai expatriado que aquele diagnóstico era culpa da histérica da minha mãe e da família louca dela, que se jogava de prédios e não valorizava a vida. Quanto aos parentes da minha mãe que pulavam de prédios, deixo para falar deles em breve.

Por ora, gostaria de garantir, a quem se interessar, que ser portador de um transtorno obsessivo na infância não altera em quase nada o seu cotidiano.

No máximo, te faz limpar sua casa, seu quarto, seu banheiro, seu cabelo e sua pele doze vezes por dia até tudo sangrar e a sua mãe gritar. No máximo, te convence de que você não pode sair de uma sala, de um quarto, de uma loja, de um shopping, de um restaurante, caso tenha visto o número 4 estampado em algum canto, porque você leu em algum outro canto que, para a cultura japonesa — aquela com a qual você não tem absolutamente nenhuma relação — 4 é o número da morte.

Ser portador de um transtorno obsessivo desde cedo te obriga também a escrever repetidamente as mesmas frases no seu diário, a guardar recortes de jornal quase aleatórios cortando suas bordas milimetricamente ou fazer movimentos repetitivos com as mãos, com os dedos, até completar um certo ciclo arbitrário determinado pela sua mente. Ou, em estágios mais avançados — os quais você percorrerá um por um —, acreditar que coisas horríveis acontecerão caso você não complete esse ciclo arbitrário determinado pela sua mente.

E é nesse momento que você passa a acreditar ser capaz de mudar o curso natural dos acontecimentos, numa sucessão de profecias, superstições, todas malditas. E assim a morte, papo vai, papo vem, se impõe nos seus pensamentos, faz uma marca d'água nos seus pensamentos, você só tem dez anos e sabe que vai morrer e que talvez um dia acabe sozinho no mundo, porque matou todos ao seu redor com a força do seu pensamento e que provavelmente é isso mesmo que vai acontecer.

Aí você às vezes chora. Porque, afinal, é uma tonelada carregar o mundo nos ombros, ter as catástrofes do mundo à distância de um pensamento, num poder secreto encarcerado a mil chaves nas vísceras de seu peito de menino.

E enquanto grita grita grita para dentro e por dentro tudo o que não pode ser gritado, você, como efeito óbvio, relembra que os *Dursley tenían todo lo que querían, pero también tenían un secreto, y su mayor temor era que lo descubriesen: no habrían soportado que se supiera lo de los Potter.*

E enquanto relembra a trama, o fardo, a fama, a cama, sua mente estala e conclui um algo que até então lhe escapava. Não, você jamais seria normal. Não, você jamais teria a trivialidade de um cidadão comum, de um trouxa.

Porque, afinal, *a señora Potter era hermana de la señora Dursley, pero no se veían desde hacía años; tanto era así que la señora Dursley fingía que no tenía hermana, porque su hermana y su marido, un completo inútil, eran lo más opuesto a los Dursley que se pudiera imaginar.*

Sim, *lo más opuesto. Los más opuesto.* Claro, milhões de vezes claro! A trama, o fardo, a fama e a cama cimentaram em você um segredo dos mais secretos; não um segredo que você possui, mas um segredo que você é. Não, você não é um Dursley. Dursleys são os outros. Você é *lo más opuesto. Lo más.* Um mago. Um mago, portanto. Um mago, portanto, da destruição.

Mas...

Com quatro ou cinco gotas de fluoxetina ao dia, isso se acalma.

E você sente falta de ser um mago.

E, por anos a fio, na maior parte do tempo, fora das crises, mas dentro da escola, você volta a só ser o que de fato é: um solitário que nunca beijou a Amanda.

8

Os que não tiveram o gostinho doce de nascer no Brasil perderam a chance de conhecer Maguila, nosso pugilista-sensação. Um gigante. Devia pesar centenas de quilos, ganhou milhares de títulos, nocauteou dezenas de monstros e encarou até George Foreman, o moço dos melhores grills.

Mas se os meninos me chamavam pelo seu nome não é porque me viam como um campeão. Maguila era gordo e eu também. Gordo o bastante pra, na escola, ser Maguila.

Pegue uma foto minha quando criança e provavelmente não me reconhecerá. O menino gordo de bochechas rosas era também Majin Boo, Gaguinho, Bussunda, Hipo ou qualquer outro tipo rechonchudo. Maguila.

Tentei todo um leque de coisas para mudar minha situação. Cortei os chocolates, os pães, os biscoitos, as massas, a saúde e, por fim, a infância. Aproveitei o transtorno obsessivo-compulsivo para desenvolver uma desordem alimentar que, além de ter me sugado alguns tantos quilos, praticamente ameaçou meu crescimento.

Nesses momentos, eu lembrava da banheira. Da dor de crescer. Uma dor quase tão grande quanto a dor de não crescer.

Mas...
com sete ou oito gotas de fluoxetina ao dia
e um acerto com o estirão,
isso se acalma.
E você volta a comer.

Os apelidos somem, a gordura cede espaço às espinhas e o menino gordinho de bochechas rosas se transforma em um corpo desconjuntado de membros de tamanhos sortidos. Pernas, braços passam a crescer independentes, à espera de algum milagre que devolva a sua aparência de conjunto.

Pegue qualquer foto minha e não me reconhecerá. Não me reconhecerá porque faço o tipo pouco marcante, acostumado a ser apresentado diversas vezes às mesmas pessoas. Meu rosto já foi oleoso, seco, perebento, fofo, tosco. Meu cabelo, liso, ondulado, cacheado, raspado, chocho. Em qualquer forma ou estado, foi também sempre pouco, penugem fraca anunciando que jamais ofereceria resistência à calvície.

Melhor do que ser Maguila, seria ser invisível. Sem brilho feito Dursley. Sem capa mágica nenhuma que fizesse milagres, magias.

Recluso. Era tudo o que queria ser.

Recluso para sair só de vez em quando, protegido, no meu canto, no quentinho acolchoado do Honda Civic de mamãe.

9

Estou sendo *over* melancólico?

Ainda vale um pouco de humor?

Ajuda se eu recuperar uma parábola sediada neste Civic, meu útero sobre rodas?

Naquela altura, minha mãe, nossa eterna motorista, chegava perto dos sessenta. Eu, Joca, Plínio, aos quase catorze. Fazer parte de um trio de meninos é algo a se evitar; o dois contra um sempre acabará se impondo e alguém há de sair perdendo. Alguém.

Joca ocupava o banco de trás. Ao seu lado, estava Plínio. O primeiro fazia o tipo camisa, All Star, falava de pop punk com a segurança de quem já fumou maconha. O segundo achava graça. E eu, no banco da frente, sabia rir quando minha camiseta branca, na qual se lia *dois mil e dois e nós dois* — antológico presente materno para o nosso réveillon de 2002 —, virava alvo das gozações.

(Completava meu figurino uma chuteira Kappa já bastante machucada, um desses presentes de bar mitzvah dados a um garoto que, ao contrário de Joca e Plínio, nunca foi grande boleiro.)

Jogavam futebol, sim, os dois. Mas Joca e Plínio gostavam mesmo é de pop punk e do DVD do *Riding in Vans with Boys*, filme que mostrava o pessoal do pop punk fazendo coisas que os pop punks fazem.

Aconteceu ali, no banco de trás, de Plínio fazer graça com o Green Day, chamando os integrantes da banda, seus gestos, seus jeitos, tudo aquilo de viadagem e dramatizar sua gozação abraçando Joca, repetindo

gay gay gay quero te pegar joca!

passando a mão na camisa xadrez de Joca e

gay gay gay dá um beijo dá.

Imediatamente, mamãe, aquela que pouco fala mas que quando fala esfaqueia, olhou pelo retrovisor e, identificando um possível novo guerreiro para seu exército de Tebas, lançou a profecia com sorriso delicado:

gay gay gay?
fica atento, plínio, é assim que começa.

Plínio hoje é casado com um homem, tem dois filhos e um border collie. E atribui àquele comentário os meses e anos de desamparo e desorientação quanto à própria sexualidade.

Essa é minha mãe. E isso é andar em trio. Alguém sempre acaba vítima. Dessa vez, não fui eu. Um oferecimento de mamãe.

10

Às vésperas de 2000, o mundo esperava o bug do milênio. Delicinha de temor apocalíptico. Os computadores — que burricos! — não entenderiam a mudança de 99 para 00, uma pane geral assaltaria nosso belo mundo, Nostradamus se punhetaria no túmulo, voltaríamos ao neolítico e todas nossas mil conquistas teriam sido em vão.

Não ocorreu. Seguimos.

Enquanto o nosso planetinha aliviado festejava sua sobrevida e transformava o conto-colapso-de-fadas em piada, meu pai foi embora de casa.

Era início dos novos mil anos e sua partida levou junto o meu sono. Nosso ninho Doriana virou um celeiro de medos noturnos, assombrações e barulhos ignóbeis. Os gatos de rua gritavam nas madrugadas, no que parecia o ponto mais alto de um sofrimento extremo.

(Anos mais tarde, eu descobriria que os gatos na verdade transavam. Manifesto, aqui, e com décadas de atraso, minha profunda felicidade por eles.)

Mamãe, na maior parte dessas noites, em nossa nova dinâmica eu-ela-mundo, se dispunha a dormir comigo. Nas outras, eu simplesmente não dormia. Mas se por alguma bênção inesperada acontecia de conseguir, eu acordava cedo, tossia de leve no corredor, forçava um barulho qualquer e, surpresa, minha mãe acordava para juntos esperarmos o sol.

Nessas horas, ela lembrava de Joana, lamentava que a moça não estivesse mais trabalhando conosco e que nada, nada

II

Adoraria, neste momento, seguir uma trilha narrativa coerente, sem bifurcações, desvios, paradas. Sim, adoraria seguir falando de mortes, assombrações, buracos paternos ou do único livro mágico que, afinal, importa tanto para a minha história quanto para a da humanidade. Sinônimos.

Gostaria, no entanto, de pedir licença para, depois de décadas de silêncio sobre o tema, escancarar meu profundo ressentimento com Patrícia Schultz.

Who?

Como todo mundo sabe e não se cansa de repetir em rodas, encontros, aviões e luaus, Patrícia bombou na vida quando deu uns rolês no globo e achou bacana elencá-los sob o título de *1000 lugares para conhecer antes de morrer.*

#1 New York Times *Bestseller 2006! Fantastic! A masterpiece! A must-read! God bless the fearless Patricia! The bravest explorer since Columbus!* Palmas.

Não sou de fazer críticas. Críticas literárias, menos ainda. Não sei nada de literatura, diga-se. Perdoem-me. Dada, no entanto, a negligência imperdoável da autora em suas mil escolhas, terei que perder o meu tempo para corrigir seus passos. E não me venha, Paty, com aquele seu típico

ah o mundo é mesmo tão lindo né milhões de páginas
não dariam conta.

Não, Paty. Conheço seu tipo. Conheço seu idioma, você nasceu mais perto do Brooklyn do que eu, *I'll give you that*, assim nesse meu jeitinho globalizado, colonizado, millennial de ser. *It's alright to* misturar inglês e português, de vez em quando. Mas se for para me colonizar, colonize direito e jogue luz sobre as reais belezas do meu país. Saia de Ipanema e venha para Bragança.

Bragança Paulista, a verdadeira *number 1*, é um município no interior de São Paulo. Próximo a Jarinu. Bucólica. Não tão longe de Campinas. Acesso fácil. Fundada no século XVIII. Histórica. Latitude 22°57'0" Sul. Longitude 46°32'31" Oeste. Belíssimas coordenadas. Altitude de 817 metros. Que vista.

População estimada em 2007: 138 533 habitantes. Turma boa. Município-sede das árvores e dos bichinhos nas histórias de ninar do meu pai. Um encanto. Destino preferido de minha infância, sob um céu que meu pai adorava contemplar, em sucessivos e estranhos elogios hereges à Criação.

Zoom-in: Condomínio Recanto do Sabiá, nossa Jerusalém de fins de semanas e feriados. Quando se vive em uma cidade cinza como São Paulo, é bom um pouco de contato com a natureza, não? E com a cerca elétrica do condomínio.

Recanto do Sabiá: os invasores serão
fuzilados pelos guardinhas <3

O slogan, sugestão minha. Faria sentido. Viva o Brasil.

Mas, não, não. Para.

O guardinha Josimar é da paz. E toma conta daquele paraíso. Vamos ser honestos, ele sempre foi nosso amigo.

12

Até os dez anos, tive três irmãs. Ou, ao menos, era essa a sensação de infância. A cada vez que estive com Maribel, minha irmã chilena, conheci uma mulher diferente.

Não fosse a semelhança com os olhos de meu pai, a mim teria sido impossível entender que a Primeira Maribel tinha algum vínculo comigo ou com qualquer um de minha família.

Era alta, laranja, de palavras todas estranhas, com fitas amarradas no braço moreno, cheirando a sorvete de creme. Eu, com três anos, me apaixonei profundamente pela Primeira Maribel, minha primeira paixonite, meu pai em versão solar.

Três anos depois, aos seis, conclui que o que fazia a Segunda Maribel desfilar uma aparência tão saudável era seu percentual zerado de sangue judaico.

Em seus discursos espanholados, compreendidos a muito custo, ela não fazia nenhuma menção a depressões crônicas, suspeitas de cânceres, mortes prematuras, intrigas entre vizinhos, roubos planejados, sobrenomes manchados, economias monetárias ou sonhos de glória. Ser judeu é saber falar sobre isso. (Ou, ao menos, deveria ser, né, mãe?)

Distante de nosso universo, a Segunda Maribel se contentava em carregar um violão nas costas e tocar Caetano Veloso como um agrado ao Brasil.

nosso amor resplandecia
sobre as águas que se movem

ela foi a minha guia
quando eu era alegre e jovem
nosso ritmo, nosso brilho
nosso fruto do futuro
tudo estava de manhã.

Nos primeiros meses de 2001, a Terceira Maribel me abraçou no desembarque e tirou, do mochilão, um presente. Foi a primeira vez que acompanhei meu pai até o aeroporto para buscar a sua versão solar.

Nas noites que antecederam a chegada, não pude dormir. Era também a primeira vez que eu sentia saudades de minha irmã ou, como eu preferia pensar, desta amiga mais velha e chilena — numa idade em que ter uma amiga mais velha e chilena fazia de mim quase um adulto descolado.

Para o meu espanto, porém, a Terceira Maribel veio acompanhada de Ramiro Chileno Imbecil e preferiu não se hospedar na casa de meu pai, que, naquela altura, já não era mais a minha e nem de minha mãe. Ramiro Chileno Imbecil, como detestei esse cidadão-surpresa.

Desde então, Maribel nunca mais voltou ao Brasil.

E eu não guardaria uma lembrança tão viva desse último encontro se, dentro do embrulho que ela me trouxe, não estivesse escondido um livro leve, lançado dois ou três anos antes, que, apesar dos burburinhos, tinha passado batido por mim.

Enquanto eu sonhava os sonhos do pós-guerra, o mundo parecia estar em outra fase. Maribel, no entanto, atenta ao movimento das ondas, me reconduzia ao zeitgeist com o brilho daquele *regalito*. Um *regalito* que, me entregando palavras exóticas e *taladros*, se fez mapa e guia dos meus caminhos; a lente pela qual eu revisaria tudo o que veio antes para aguentar tudo o que sou.

mesmo, a faria voltar. Nem mesmo o fato de que meu pai já não morava mais naquele apartamento.

Até os cinco, eu dormia sozinho, verdade. Mas só conseguia dormir sozinho se a babá Joana sentasse na cadeira do meu quarto. Percebê-la por perto, em silêncio protetor, era um escudo contra o mundo. Contra o grito dos gatos, o ranger das portas, o salto da vizinha de cima, o gemido do vizinho de baixo, o ronco dos monstros, Joana.

Joana, durante o dia, falava de fadas. Era esse o lance dela. Tinha inúmeras estampadas nas camisetas, algumas em forma de brinco e outras tantas tatuadas no corpo. Brincava que sua pele era a paisagem mais bem acabada de campos fantásticos, densamente povoados. Juntando as fábulas noturnas de meu pai com as diurnas de Joana, minhas horas eram vividas quase em sonho.

Em uma das últimas tardes de Joana naquele apartamento, as fadas não apareceram nas fábulas. Joana estava triste, vazia. E quando eu perguntei o porquê, ela se calou.

Insisti.

Eu tinha acabado de completar seis anos e, pela TV, Joana me deixou ver que um moço com o meu sobrenome tinha acabado de ser baleado.

E não sobreviveu.

Um livro leve, nem tão novo para o mundo,
mas em cuja capa colorida se lia em língua estranha
Harry Potter y la piedra filosofal.

13

Puta, gótica, canalha. Quando Amanda viajou para o Canadá na bagunça dos nossos quinze anos, em meados do primeiro colegial, alegou que precisava melhorar o seu inglês. Mentira. Mentirosa. Fraca. Pusilânime. Disse também que sofria muito em nossa escola, que precisava ser outra em outro lugar, mas ela sabia. Sabia que eu não poderia ir junto. E se sabia, por que me convidou?

Convide um mamífero nascido e criado em banheiras para cruzar o oceano e veja se ele morrerá enternecido com a gentileza ou afogado com o cinismo. Sempre fui medroso, fraco, covarde e, por seis longuíssimos meses, guardei o ressentimento com aquele por-que-você-não-vem-comigo.

Em sua última noite antes da partida, Amanda achou por bem alugar um antigo filme descolorido e me obrigar a assisti-lo até o fim. Depois dos créditos, olhando nos meus olhos, numa performancezinha insolente e descarada — que hoje relembro como uma das cenas mais bonitas da minha adolescência —, ela repetiu o que, na última cena, Mariel Hemingway declara ao Cancelado de Aro Grosso.

six months isn't so long.
not everybody gets corrupted.
you have to have a little faith in people.

Quem não compreendeu a desfaçatez, ponha para traduzir no Google. Na época, não precisei; afinal, passei anos encarcerado na Cultura Inglesa, aquela trincheira pedagógica de uma parte da elite paulista que não se acha playboy o suficiente para colocar seus filhos e filhas em escola bilíngue. *Whatever*, sempre me perco.

Ah, sim. *You have to have a little faith in people.* Milhões de judeus morreram em campos de concentração, a Amanda me abandonando e *you have to have a little faith in people.*

Naquela noite, voltando para casa, chorando de hormônio, descrença e transtorno maltratado, perfurei as folhas do meu diário com três linhas.

obliviate, obliviate
ela vai me esquecer
vai me esquecer sem nunca ter lembrado de mim.

14

[o primeiro dos recortes que guardei //
17 jul. 1996, *Jornal da Tarde*]
Pianista é morto em assalto

Ontem, pouco depois do meio-dia, nas proximidades da avenida 23 de Maio, o pianista e professor de música Daniel [meu sobrenome] *foi morto com dois tiros na cabeça. O rapaz estava de moto, parado em um farol e, de acordo com testemunhas, reagiu a um assalto. Seus pais, os aposentados Isaac* [meu sobrenome], *70, e Rachel* [meu sobrenome], *68, que dirigiam o carro de trás, presenciaram a cena e tentaram socorrer o filho. A vítima morreu na hora. Os criminosos permanecem foragidos.*

15

A partir de uma certa idade, quando o presente talvez tivesse se esgotado, Rachel, esposa de Isaac, começou a gostar de falar do passado. E somente do passado. Algum caso de infância, dela ou de uma outra qualquer. Uma lembrança muito específica de um passeio, de um almoço, de um café, real, inventado ou real mesmo sendo inventado. E quando ela fazia isso, o que começou a ser frequente depois do assassinato do filho, Isaac fechava os olhos, colocava as duas mãos nos ouvidos e gritava.

Aí ela parava.

16

Crescer é uma merda. Não crescer é ainda pior. Fazia parte dos meus medos ser um homem baixo. Ou um menino baixo. Nada, no entanto, indicava que eu tinha ou teria uma estatura inferior à média da minha idade. Não era dos mais altos, nem dos menores. Ao menos nesse aspecto, conseguia ficar invisível na multidão, o que, convenhamos, não é coisa de se menosprezar. Em time que está perdendo de pouco, não se mexe.

Ainda assim, aos doze, pedi que me levassem a um especialista que pudesse dar um parecer oficial sobre a questão. Temia que minha luta famélica para não ser Maguila, o gordo, e tornar-me Maguila, o irrelevante, tivesse deixado vestígios. Era esse meu argumento para ganhar um passeio ao médico, ainda que, para minha mãe, nenhuma argumentação fosse necessária. Qualquer temor do filho virava compromisso. Tinha algo de iídiche mamma nisso. Talvez.

No consultório da dra. Hannah Plotz, uma árvore genealógica dos Plotz ocupava uma das quatro paredes. Nas outras, alguns diplomas, uns retratos antigos, uma placa de *aqui trabalha a melhor médica do mundo*.

Pela aparência, era possível que dra. Hannah Plotz já estivesse em vias de se aposentar ou de morrer. Quisesse alguém achar seu nome na árvore genealógica, o correto talvez seria procurar na raiz.

(Sinal irrefutável do fim da infância mauricinha: os médicos deixam de ter apelidos e passam a ostentar diplomas pomposos e sobrenomes pitorescos, em geral do leste europeu.)

Hannah era velha. De idade e de métodos. Submeteu um garoto de quase treze anos a um questionário por escrito de quarenta perguntas sobre seus antepassados, doenças familiares, hábitos alimentares, tipo sanguíneo. E concluiu seu procedimento me mostrando uma série de imagens.

Eram onze fotos ampliadas de pênis diversos. Caberia a mim apontar qual se parecia mais com o meu. Mas nenhum deles era circuncidado. E todos, sem exceção, eram apavorantemente grandes, ornamentados com veias grossas e envoltos por pelos abundantes em um gradiente de cores.

Enquanto eu substituía a preocupação com minha altura pelo temor inédito quanto à anatomia do meu pênis, minha mãe rapidamente apontou para uma das placas. Não antes de fazer algumas ressalvas e indicar diferenças. Por intermináveis seis minutos, uma doceira e uma pintóloga idosa debatiam calorosamente sobre o meu *schmock*.

Ao longo desses minutos, descobri, também, que i) pintos circuncidados são menos propensos a pegar doenças. Positivo. ii) que a dra. Plotz perdeu a virgindade com dezessete anos (possivelmente em 1721, calculo). Ok. iii) que o dr. Plotz, o marido da dra. Plotz, tinha incontinência. Indiferente. iv) que a dra. Plotz tem recorrentes inflamações na vagina. Apocalipse.

Ao final da consulta, eu já nem me lembrava mais do motivo que tinha me levado àquele lugar. Crescer é uma merda. Não crescer é pior. E, durante nossa volta pra casa, tudo o que minha mãe queria saber era qual dos pintos eu tinha achado mais bonito.

17

Não posso imaginar o que é ser mãe. Nem posso imaginar o que é ser pai. Não posso imaginar, portanto, o que é ver um filho sangrando pelas têmporas, estatelado no chão. Da noite em que isso aconteceu, restam somente alguns flashes.

Segundo a narrativa que chegou aos dias de hoje, minha mãe, por algum capricho decorativo, teria invertido a posição da cama com a da mesa de cabeceira. Eu, com seis anos, não alcançava o interruptor da luz e, bom, queria pular na cama. Está no sangue de minha família materna pular. Mas falemos disso depois.

A primeira faísca de lembrança do episódio sou eu gritando, estirado, mole, ensanguentado. Nessa brevíssima centelha, me vejo em terceira pessoa, o que me leva a supor se tratar de uma memória provavelmente inventada. Na segunda faísca, um pouco mais plausível, estou em um leito de ambulatório de Bragança Paulista, pronto-socorro mais próximo de nossa casa no condomínio Recanto do Sabiá.

Dessa vez, posso enxergar um médico costurando minha têmpora. Minha mãe segura minha mão e peço que segure mais.

Meu pai não faz parte do quadro; a narrativa dá conta de que ele teria sido expulso da sala. Quando a história reaparecia em nossos jantares, meu pai sustentava que estava apenas agindo como homens agem, o que quer que isso signifique.

Foram necessários treze pontos para fechar o ferimento. Dois centímetros para a esquerda, eu teria ficado cego. Dois centímetros para a direita, talvez tivesse estourado meu tímpano.

Questionado (inquirido, interrogado, ameaçado, torturado) pela minha mãe se aquilo deixaria uma cicatriz, o médico respondeu que sim, mas não sem brincar que a marca se transformaria em uma característica singular, um charme.

Se o corte me fez mais charmoso, não sei dizer.

Não fosse o corte, porém, talvez a Amanda não me chamasse de Harry.

E isso seria tirar tudo o que eu tinha.

18

Naqueles anos colegiais, um estranho fenômeno começou a atingir os meninos da minha escola. Todos eles, depois de beijarem na boca pela primeira vez, reapareciam no dia seguinte com a voz mais grossa.

Teoria tantas vezes esboçada em meu diário: a língua das meninas atingia a goela dos meninos, a campainha dos menininhos assustava, engrossava e... mágica. (Suprema frustração: certa manhã, tentei fazer com o dedo e vomitei.)

Estranho era ninguém notar. Justo lá, onde tudo se notava: cada espinha, cada pelo, cada peito, cada peido, tudo. Tudo era motivo, menos a voz. Sobre a voz, todo mundo se calava.

Um dia, talvez eu milagrosamente acordaria com tons mais graves. Mas, até lá, sabia que, a cada ligação da Embratel no fixo de casa, a telefonista continuaria me perguntando se a senhora já conhecia o novo pacote de dados.

Já que beijar alguém não era uma solução ao alcance — e cutucar a glote só levava a gorfo —, optei pelo silêncio. Em justiça àquela época, coloco aqui a lista de pessoas que sentiram falta das minhas preciosas contribuições:

— — —

— — —

— — —

Bacana. Um abraço a essa galera.

No fim das contas, a única pessoa com quem me comunicava tinha ido experimentar as especialidades canadenses — *english classes*, *maple syrup*, avril lavigne, *sk8ter boys*, *epical orgies* e *exquisite shots of heroin*.

E enquanto Amanda me dava raiva, saudades, delírio e silêncio, eu ficava ali, certo de estar salvando a escola de coisas horríveis com meus rituais obsessivos, compulsivos e eternos. Não, não era fácil ser um mago. E sobre isso não pude me calar quando a grande imprensa me procurou.

19

[os recortes que guardei // 21 jun. 2006]
Criança organizada e com mania de limpeza merece atenção, diz médico

Serviço da Santa Casa já atendeu a noventa crianças com Transtorno Obsessivo-Compulsivo. Psicanalista adverte: cuidado para não confundir TOC com meras fantasias infantis.

Alberto usa os mesmos livros escolares há três anos, mas eles parecem ter acabado de sair da loja: não têm um único amassado e ficam guardados por cor e tamanho num lugar específico da estante, onde ninguém, além dele, pode mexer.

Um filho organizado pode ser desejo de muitos pais, mas o excesso de preocupação com arrumação, como demonstra Alberto, é, na verdade, sintoma de uma doença psiquiátrica chamada Transtorno Obsessivo-Compulsivo (TOC). Ela pode aparecer em qualquer faixa etária, mas é mais comum na infância e na adolescência.

O problema não se manifesta somente através da preocupação com organização. Há casos em que a criança demonstra compulsão por higiene ou desenvolve outros tipos de hábitos repetitivos.

Dificuldade para pronunciar certas palavras, indecisão diante de situações corriqueiras por medo que uma escolha errada possa desencadear alguma desgraça, pensamentos agressivos relacionados com morte, acidentes ou doenças são exemplos de sintomas do transtorno obsessivo-compulsivo. [E de judaísmo, eu completaria.]

Outro garoto — que pediu para ser identificado como Harry — diz acreditar, durante as crises, ser responsável por provocar ou impedir o destino trágico de seus familiares e amigos — ao menos desde o dia em que um parente foi morto a tiros em um assalto.

De acordo com o garoto, seu saldo é positivo. Ele afirma já ter salvado 32 vidas cumprindo rituais obsessivos. [...]

20

Todo herói tem suas conquistas, seus feitos; aquelas glórias que, mesmo silenciosas — e injustiçadas por esse silêncio —, colocam o mundo na condição de "sim, tudo é uma bosta, mas poderia ser pior não fosse nosso herói".

Não ser reverenciado por nenhuma delas, não ganhar um busto por nenhuma delas ou não ganhar um beijo na portaria da escola por nenhuma delas pode fazer do nosso herói um nosso herói tristonho. Ou, na melhor das hipóteses, um nosso herói *low profile*, com o charminho extra da discrição.

Nesses casos, no lugar da fama viria ao menos a autorrealização. Isso deve rolar na Marvel. Mas foda-se a Marvel. A Marvel só será digna quando entrar pelas portas de Hogwarts. Mas, sim, a autorrealização. O preenchimento interno dos salvadores quietinhos. *But not for me*. Eu salvava o mundo e seguia oco por dentro. Viva o herói, o herói está morto.

E, mesmo morto, esse herói lhes pergunta: beneficiários de meus milagres, quem teve que segurar nos ombros, durante quase toda a sua trajetória escolar, a certeza de que a manutenção de rituais obsessivos pouparia as vidas dos colegas, famílias, países, planetas e amandas?

Em justiça ao meu eu criança-jovem-adolescente, chegou a hora de abrir o jogo e renomear as experiências de quase morte cujos finais inesperadamente felizes vocês chamaram de acaso ou sorte. Aquilo, meus bebês, leva o nome de façanha, flagelo e fluoxetina em falta.

Vamos lá. Para que todos da 6ª série C agora saibam, evitei que nosso ônibus escolar sofresse um acidente fatal na BR-381, rumo a um parque ecológico, onde faríamos pesquisa de campo. Para isso, durante as quatro horas de viagem, tive que escrever cem palavras terminadas em A no meu diário de capa azul.

Alô, família, alô. Dando trinta e cinco voltas ao redor da mesa da cozinha em menos de sete minutos, blindei nossos entes queridos dos roubos do Juiz Lalau.

Coleguinhas do 1º D, pude impedir que o PCC invadisse nossa sala de aula em 2006, me trancando no box do banheiro e cantando dez vezes seguidas "Good Riddance (Time of Your Life)", do Green Day, sem errar a pronúncia de nenhuma palavra.

Mas não, não precisei de obrigados, meu povo. Colegas, família, cidade, fiz por ser impossível não fazê-lo. Como é grande meu coração e ainda maior o vosso esquecimento. Um pouco de crédito teria feito bem à saúde da minha mente já tão sadia. Quem sabe um obrigado, um reconhecimento qualquer, não me tivesse feito chorar em decorrência de minhas três maiores derrotas.

Ah, sim. Pois todo herói falha.

E às vezes falha por ainda não se saber poderoso. Ou por ainda não ter descoberto seu dom. E, quando o faz, já é tarde. Esse foi meu caso: enquanto as atrocidades explodiam nas ruas, o semimago semijudeu brincava de bonecos na banheira.

Três falhas me assombraram por tempos e tempos e tempos.

Primeiro, lamentei não ter impedido o assassinato do primo de minha mãe, às vésperas do despertar pleno dos meus poderes.

Em segundo, talvez vocês tenham ouvido falar, certa vez falhei na antevisão e aviões colidiram com torres.

Em terceiro, por toda a minha vida escolar, me puni pelo acidente de buggy que vitimou o namorado da Amanda.

Mas isso foi antes mesmo de conhecê-la.

Antes mesmo de ela entrar em nossa escola por esse trauma *triste demais para ser compartilhado.*

Antes mesmo de caber a mim lidar com seu choro de viúva nos recreios.

Antes mesmo de saber que não são só os velhos que morrem. Ou que enlutam.

Antes mesmo de saber, portanto, que o nome de tudo aquilo em mim era amor.

21

[os achados que guardei //
algum dia entre 17 jul. 1996 e 29 fev. 2000]

Querido Daniel, filho amado,

Você pode imaginar o aperto de uma mãe que deixa seu filho no aeroporto e sente no coração a longa despedida. Dezoito anos e já está ganhando o mundo, meu yingale! Quando você cruzou o portão e eu e papai voltamos para casa... que vazio senti. Mas, ao mesmo tempo, que felicidade por você estar fazendo uma viagem tão maravilhosa. Só queremos que você aproveite o máximo, amado filho.

Eu não aguentei de saudades e por isso mando esta carta antes de você chegar no Novo Mundo. Estarei sempre na expectativa de um postal seu... qualquer notícia sua!

Se puder, conte-me tudo... sobre as escalas do avião, a viagem em si, a chegada, enfim, tudo, minuciosamente... Aqui em casa, tudo bem. Você está se alimentando bem? Faz frio? Filho, termino esta carta pois quero ir logo aos Correios remetê-la a você! Despeço-me e aguardo notícias suas. Tchau, querido e amado.

Da sua mãe, Rachel.
P.S.: Filho, eu estou bem, juro.

22

A partir de uma certa idade, quando o presente talvez tivesse se esgotado, a esposa do tio da minha mãe começou a gostar de falar do passado. Rachel repetia histórias. Repetia frases. Ouvir Rachel hoje era como ouvir Rachel ontem. E sempre. As mesmas frases mudando só o nome dos personagens. Ou o ano. Ou os lugares. O que talvez indicasse que a história podia ter sido outra. Ou a mesma de muitos jeitos.

E quando Rachel fazia isso de recontar o passado, o que era frequente a partir de uma certa idade e de uma certa morte de um filho baleado, Isaac fechava os olhos, colocava as duas mãos nos ouvidos e gritava. Porque embora aquilo, a lembrança, fosse tudo que ela tinha, aquilo, a lembrança, era também tudo que ele não aguentava.

Aí ele gritava.

Aí ela parava.

23

Antes de sumir de minha casa, Joana ajudou a me criar. Gostava de me ensinar músicas, danças, brincadeiras, cantigas de fadas, jeitos de ver o mundo, numa dedicação integral muito maior do que seu salário compensaria.

Neste lar brasileiramente podre — cheio de arcaísmos e lindas intenções —, ela dormia em um quartinho de segunda a sábado, acordava cedo e organizava nossos dias entre preparar refeições, limpar o chão e me entreter. No domingo, voltava para sua casa em Diadema, lugar do qual nunca me foi permitido passar nem perto.

Joana trabalhou conosco de seus dezoito aos vinte anos. Acompanhou meu crescimento dos meus três aos seis. Dizia gostar de mim como um irmão mais novo. Se eu pudesse escolher, respondia, até consideraria trocar a Primeira Maribel por ela. Ela sorria e dizia que eu já tinha trocado.

Outros irmãos não lhe faltavam. Eram nove. Desses nove, idolatrava Janaína, a mais velha, mulher que nunca conheci, mas cuja imagem inventei tantas foram as vezes que Joana dizia seu nome.

Certo dia, Janaína amanheceu doente. Estávamos eu e Joana sozinhos em meu apartamento e um telefonema deu conta de avisar que a irmã tinha sido internada às pressas.

Lembro desse momento como um dos mais excruciantes da minha vida. Joana passou a manhã chorando. E o telefone, a manhã tocando. E Joana, a tarde chorando. E o telefone...

Até hoje penso que, se num impulso de raiva, desespero e piedade, eu não tivesse estraçalhado todos os telefones da minha casa contra a parede, talvez Joana pudesse ter conversado com sua irmã pela última vez.

Mas eu não podia ver Joana chorando.

E quando ela descobriu o que eu tinha feito, me olhou às lágrimas dizendo que pobres também têm coração.

24

Gostava, admito, de quando Amanda me ligava do Canadá.

O fixo de casa tocava em horários esdrúxulos, a telefonista (sim, ainda havia telefonistas) perguntava se a senhora aceitaria uma ligação a cobrar, eu senhora-voz-fina dizia que sim e a conta nunca vinha.

Embratel, quantas vezes ri da sua desorganização.

(Obrigado, mãe, por ter pago tudinho sem amolar seu bebê.)

Amanda, em seus relatos aparentemente pagos, comentava que a escola gringa era grande, cheia de vitrais, salas e que, com alguma imaginação, dava para enxergar Hogwarts.

Seu inglês estava melhorando e os colegas, seguindo o astral harmônico da arquitetura do *high school*, eram todos legais e bonitos e

mandy!,

gritavam os canadenses quando queriam falar com ela. Ou transar com ela. Aliás, notícia formidável, o Brian — Bryce, Bruce, Brandon? — transava muito bem.

Oversharing, alguns diriam. *Excruciating pain like a million razor knives stabbing my weeping eyes across the universe*, eu acrescentaria.

Numa dessas ligações amistosas, Amanda disse ter chorado pelada nos braços do rapaz. E que o pobre garoto Bradley ficou sem entender. E eu também. E talvez ela também.

dá pra chorar no sexo?

Eu queria ter perguntado, mas não perguntei.

Falava apenas que, do lado de cá, não tinha novidades, que a escola seguia uma merda, que a proximidade do vestibular começava a fritar cérebros e que todo mundo tinha voz grossa agora. Ela ria e me pedia licença pra contar que, enquanto chorava com o Brody, só pensava em dormir comigo.

porque dormir, mais do que transar,
é a intimidade máxima que se pode dividir com alguém,

ela falou e reiterou

o sono te deixa frágil e exposta.

Até hoje, repensando minhas conversas com Amanda, não sei direito se entendia e entendo o que ela tentava e tenta me dizer. Acho que não. Na incompreensão, ficava quieto a maior parte do tempo.

Mas, de ligação em ligação, ela insistia que queria dormir comigo quando voltasse ao Brasil e perguntava o que eu achava.

minha cama é muito pequena, mandy,
ela pode quebrar,

foi o que consegui dizer.

25

Muito embora mantenha o seu próprio passado a um palmo de distância, minha mãe nunca se cansou de louvar o meu. É como se a história de nossa família começasse comigo. Curioso, não? Não à toa, o apartamento onde mora até hoje dispõe de um pequeno museu em homenagem ao meu percurso da infância à adolescência.

Todos os meus uniformes escolares, minhas provas, meus brinquedos, meus desenhos, meus livros de Harry, meus pertences de toda uma vida sempre estiveram à disposição de possíveis estudiosos e pesquisadores interessados em minha trajetória.

Somamos, até a presente data, um total de zero curiosos.

Isso, porém, nunca a fez desistir de seguir investindo no empreendimento e buscando novas contribuições para um acervo que contém, dentre outros tesouros, um fax do nadador olímpico Ricardo Prado, datado de 1991, recusando uma generosa oferta para que ensinasse um bebê de poucos meses a nadar.

(Em que momento a vida lhe tirou esses ímpetos tão... judaicos?)

No meu aniversário de treze anos, por ocasião do meu bar mitzvah, mamis pediu que Joca e Plínio incentivassem amigos e amigas a me escreverem cartas de parabéns, com recapitulações de eventos importantes protagonizados por mim. Imagino o esforço que os dois decerto fizeram para empilhar ao menos umas dez cartas e esconder da minha mãe o fato de que eu não tinha tantos amigos assim.

As respostas, enquadradas e expostas no hall do elevador, apenas confirmam o óbvio: o quanto minha vida é absolutamente desinteressante. E quanto a nossa relação mãe-filho talvez mereça uma investigação mais complexa. Confesso, no entanto, que me compadeço de certas tentativas da minha mãe em me agradar na adolescência, especialmente depois que meu pai optou por sumir de nossas vidas.

Quando o patriarca trouxa já tinha abdicado até mesmo de nos telefonar, minha mãe resolveu me surpreender com a notícia de que tinha batalhado — e vencido a batalha — para conseguir dois ingressos para um show surpresa. Completou dizendo ter ajoelhado para que Mara Horitz Gabay (quem? talvez uma médica) colocasse nossos nomes na lista.

Mamis não gostava tanto de judeus, nem de música, muito menos de shows. Shows em estádios eram ainda piores. Em 2002, numa espécie de dívida eterna pela qual até hoje sou cobrado, fomos ao Red Hot Chilli Peppers no Estádio do Pacaembu.

A arquibancada tremia e, durante duas horas, ela não desgrudou do velho celular Motorola para que, caso as vigas da arena ruíssem, pudéssemos pedir socorro por telefone em meio aos escombros.

(Ser judeu é prever ruínas?)

Bom, o show surpresa não seria em um estádio, o que nos pouparia de certos inconvenientes. Chegamos ao lugar do evento por volta das oito da noite. Era um saguão de hotel acarpetado, encardido, que, se um dia ostentou glórias, agora só parecia a visão triste da decadência.

Para desagrado da minha mãe — cujas origens hebraicas, diferentemente do meu caso, não cessavam de ir ao seu encontro mesmo a contragosto —, a comunidade judaica estava em peso e Mara Horitz Gabay (ah, sim), a salvadora, nos mostrou o caminho até a mesa.

Quando a voz nos alto-falantes anunciou o nome da atração, achei que tinha entendido errado. Mas não. Estávamos mesmo diante da

The Holocaust Survivor Band!,

uma banda formada por quatro velhinhos sobreviventes dos campos de concentração.

Pois é, o mundo é mesmo um lugar estranho. E ser judeu é certamente poder rir disso. Naquela noite, porém, sem risadas, voltamos para casa em silêncio.

Antes de dormir, minha mãe me chamou para uma conversa inédita sobre o passado e me presenteou com uma foto 3×4 de seu pai, um sujeito que virou fumaça em forno alemão e o qual nunca conheceu.

Na imagem puída, ele não devia ter mais de 30 anos. Gasto pela luta, pela fuga, pela guerra, envelheceu em três décadas o que os humanos, em condições satisfatórias, levariam oito. O nazismo, a um só tempo, lhe antecipou e negou a velhice. Vovô, um fantasma em decomposição.

Olhando para aquele velho frágil da imagem, não precisei de legenda: meu avô era sósia do baterista da banda.

Ao relembrar a história, já na revisão deste livro quase sem motivo, telefonei para minha mãe e

mãe, hoje entendi que envelhecer nada mais é do que começar a entender os adultos e suas raízes.

não, filho,

ela me corrigiu,

envelhecer é muito pior que isso, eu garanto.

26

[os recortes que guardei // 1 mar. 2000, jornal *Agora*]
Casal de idosos morre ao cair de prédio em Higienópolis.

Os aposentados Isaac e Rachel [~~meu sobrenome~~] *Potter morreram após caírem da janela do terceiro andar do prédio onde moravam, segundo a Polícia Militar. Eles chegaram a ser levados ao Hospital Samaritano, mas não resistiram aos ferimentos.*

O acidente ocorreu por volta das 8h. Quatro viaturas do Corpo de Bombeiros foram encaminhadas ao local. Um helicóptero Águia também chegou a ser acionado, mas o casal já havia sido socorrido por uma ambulância do SAMU, segundo os Bombeiros.

De acordo com informações da SSP (Secretaria de Segurança Pública), o cuidador afirmou que foi ao banheiro, deixando os idosos dormindo no quarto. Ao dar a descarga, ouviu uma gritaria no térreo. O caso foi registrado pelo 81º DP (Distrito Policial) como morte suspeita e está sendo investigado pela Polícia Civil.

27

Invejo e invejava quem tinha avós.

Plínio tinha avós. A avó fazia bolos.

Joca tinha avós. A dele fazia cócegas.

A mãe de meu pai morreu de câncer há milhões de anos. O pai dele, também de câncer, meses antes do meu nascimento.

O pai romeno da minha mãe virou fumaça em Buchenwald, mas, antes disso, posou para aquela 3x4 minúscula e amarelada, com a qual tento me relacionar com afeição. Por fim, de minha avó romena, ouvi dizer que aportou no Brasil a tempo apenas de dar à luz e morrer de tifo.

Esses são meus avós.

E eu não teria nenhum contato com essa geração não fosse a mãe morta de tifo ter vindo com o irmão, Isaac, o homem que criou mamãe e que nunca permitiu ser chamado por ela de pai. E nem de avô por mim.

No dia em que Isaac morreu, mamãe aproveitou a ocasião para me contar que ela, desde a sua infância, carregava um hábito um tanto curioso —

desses hábitos, meu filho, que começam como passatempo
e viram vício pra vida toda, sabe?

hm, não, mãe.

Talvez da mesma maneira como até hoje conservo o hábito de reservar dois Chambinhos para a fominha da tarde, minha mãe aparentemente carregava o costume de tentar prever em qual dia, mês e ano o seu tio Isaac morreria.

Como a vida, porém, é essa grande caixinha de surpresas de tirar o fôlego, Isaac desobedeceu as regras do jogo e antecipou a sua morte voando pela janela de um apartamento na companhia de Rachel.

Isaac estava morto.

E minha mãe, esvaziada do passatempo de longa data, mas carregada de lágrimas, disse não saber se chorava pela sua vida ou pela sua morte.

O cuidador do casal, na hora do pulo, estava no banheiro. E sobre esse moço, minha mãe até poderia tentar falar um pouco mais, mas nunca soube nada de sua vida ou sua história. Nunca perguntou. Nem minha mãe, nem eu, nem meu pai, nem Rachel, Isaac, nem ninguém dos nossos.

O que talvez diga alguma coisa sobre ele ou sobre nós.

A mãe da minha mãe está morta há décadas. Mas além de seu sangue, Isaac dizia carregar o timbre e cadência da irmã, em mais uma dessas coisas que a vida não explica.

Sobre a minha avó, inclusive, eu adoraria escrever um pouco mais, mas minha mãe é uma mulher quieta, como era também o tio. Ser judeu é bifurcar: tratar o passado como trauma sobre o qual não se fala ou como laço que tudo amalgama.

De Isaac, ainda me lembro das mãos, em cujo dedo indicador carregava a aliança da irmã. Lembro também do som do bocejo, do olhar vigilante, do uso do termo Shoah ao invés de Holocausto, do zelo por Rachel, da apatia com que tratava a mim e a minha mãe e do cheiro mofado de sua colônia.

Dos desejos e planos de Isaac, eu nunca soube. Trabalhou como advogado até se lançar da janela. Os sonhos, se um dia existiram, vão ficar onde sempre estiveram. Na potência do que poderia ter sido e não foi.

E as frustrações, minha mãe poderia listar, mas minha mãe ainda guarda alguns silêncios.

28

Desde a última visita de Maribel, quando recebi o livro filosofal de suas mãos, parei de contar quantas diferentes irmãs poderiam caber dentro de uma só. Com aquele presente, Maribel unificou-se. Tornou-se tão somente minha *hermanita*.

Em um dia de 2003, quando me telefonou por conta de meu bar mitzvah, fazia meses que não ouvia falar dela. Disse que não entendia nada de judaísmo, mas supunha que talvez aquela fosse uma ocasião importante para mim. E era.

Pediu desculpas por me procurar tão pouco, mas garantiu que é na ausência e na falta que se percebe o tamanho do vínculo.

Aquela ligação quebrava uma tradição que se iniciara com a Terceira Maribel, a última numerada, a última a nos visitar pessoalmente. Desde a nossa despedida ao vivo, era a primeira vez que me procurava por um assunto que não fosse o debate de um novo livro de Harry Potter.

rotura del protocolo, hermanito.

Em 2001, quando me presenteou com *La piedra*, as sequências *Cámara secreta* e *El prisionero de Azkaban* já estavam nas livrarias. *Cáliz de fuego* chegaria inédito meses depois. *Orden del Fénix* apareceria em 2003.

Era a partir dessas obras canônicas que Maribel organizava encontros literários à distância, restritos a nós dois. Uma infinidade de telefonemas para cada livro, personagens, parágrafo, linha; interurbanos a cobrar que, assim como os de Amanda, que viriam depois, em muito alegravam a saúde financeira de minha mãe.

Mesmo ansioso e disposto a consumir gulosamente uma obra após a outra, eu aprendia a refrear meus impulsos em nome de nossos rituais: era Maribel quem decidia quando eu leria os livros. Impunha intervalos de no mínimo seis meses para que pudéssemos digerir as aventuras e conversar longamente sobre elas. Os chilenos e sua calma proverbial.

Driblávamos, assim, a ansiedade da urgência e a barreira da língua para chegar a um universo comum. Em nome de nosso laço, ela me mandava a edição hispânica e eu lhe enviava a brasileira. Sem perder a ternura, latinizávamos a cultura gringa, numa tomada de posse à moda das grandes insurreições. O que por ventura perdíamos em palavras, ganhávamos em delicadeza. E tudo o que eu mais queria na minha adolescência era que J.K. Rowling jamais parasse de escrever.

Hoje, apenas rogo para que ela pare de falar merda.

29

Com dezoito anos, repetente por duas séries consecutivas, Abrão Moronstein surgiu em nossa classe no começo de 2007. Parecia um irmão mais velho de todos nós. Ou um pai jovem, um tanto gasto.

Tínhamos pouco em comum, mas o fato de sermos os únicos judeus naquela escola também nos colocava na mesma caixinha.

Os mais recentes conflitos no Oriente Médio deixavam rastros de sangue, selvageria e ocupavam os noticiários. Com curiosa naturalidade, não demorou para que nos tornássemos dois alvos de críticas ao Estado de Israel — país onde nunca estivemos, com o qual não temos absolutamente nenhuma relação, mas por cujas políticas seríamos obrigados a responder diuturnamente.

Tivessem nos perguntado, evidentemente responderíamos ser a favor da coexistência pacífica dos povos, de suas soberanias, da Solução de Dois Estados. Quem sabe, se tivessem nos perguntado, até perceberiam que, ainda mais evidentemente, ficávamos horrorizados com as políticas da extrema direita israelense e angustiados por ter nossa etnia — tão diversa em suas crenças e ideais — associada a diretrizes violentas. Mas não, não nos perguntaram.

Juntos, ao que tudo indicava, éramos responsáveis pelo assassinato de contingentes de árabes, construção de assentamentos em suas terras invadidas e, mesmo com tantos crimes,

vocês dois têm a cara de pau de comer esfiha no recreio.

Da cantina ao vestiário, o jeito delícia de finalmente me sentir integralmente judeu é tomar banho depois das aulas de educação física e

cuidado com chuveiro!
vê se não é gás!

Risos, risos, risos, risos, risos juvenis e históricos. Que alívio me perceber pertencendo ao nosso povo. Não era isso que eu sonhava?

Decorreram três semanas de aula até que descobríssemos uma outra coincidência para além do judaísmo: a família Moronstein também tinha uma casa no Recanto do Sabiá.

Abrão, portanto, conhecia o campão do condomínio, suas três quadras de tênis, sede social com piscina e restaurante, um lago com patos, cavalos, um mercadinho, uma árvore que já me protegeu de raios, um bosque com pista de cooper, uma família nômade de capivaras, trezentas casas, *lounge* poliesportivo, alguns formigueiros, milionários paulistanos e seus filhos e netos, babás pra esses filhos e netos e para os próprios milionários, cerca elétrica, pets, guardinhas — dentre eles o Josimar, nosso amigo.

Até meus quinze anos, o Recanto do Sabiá era isso.

E para Abrão, também.

Em 23 de julho de 2007, descobriríamos que podia ser um pouco mais.

E, feita essa descoberta, deixaríamos de ser apenas amigos para nos tornarmos, também, cúmplices.

30

Para não perder o costume, outras palavrinhas sobre o Tempo.

Aos quatro anos de idade, um garotinho assistiu a *Um conto de Natal*, desenho bonitinho da Disney, baseado na obra sádica de Charles Dickens.

Na adaptação, talvez feita com o propósito maior de desencorajar crianças judias a louvarem costumes cristãos, o Tio Patinhas era visitado por três fantasmas na noite de Natal. O personagem Bafo de Onça, encarnando o chamado fantasma do futuro, leva Tio Patinhas para um passeio e lhe mostra que, caso aquele pato continuasse sendo mesquinho, terminaria enterrado sozinho por dois coveiros nas trevas. *Merry Christmas.*

No dia do aniversário de seis anos desse mesmo garotinho, Lina, uma amiga da escola, lhe deu parabéns dizendo que, por ser ele dois meses mais velho, inevitavelmente morreria antes dela. Lina finalizou aqueles votos garantindo que choraria a morte do garotinho até secar os próprios olhos.

Na casa de outro amigo, com sete anos, o garotinho foi apresentado ao video game e ao *Super Mario*. Pelas regras daquele jogo, o personagem poderia morrer um certo número de vezes. Quando foi avisado que só lhe restava uma vida, o mesmo garotinho preferiu deixar o personagem imobilizado em um canto seguro ao invés de seguir com as aventuras.

Com oito anos, por fim, enquanto escovava os dentes, o menino foi surpreendido pelo pai com uma filmadora VHS.

Apontando a câmera para o filho, o pai pediu que ele sorrisse o seu melhor sorriso, pois alguém, quinhentos anos no futuro, veria aquela cena. O garotinho chorou desesperadamente.

E o vídeo foi perdido.

31

Os filmes, por sua vez, não podiam ser perdidos.

Millennials não se contentam com livros, querem mais.

Queremos mais.

Queremos efeitos especiais, pipocas e dolbys.

Quando *Harry Potter e a pedra filosofal* (en español é más sexy, no?) entrou em cartaz, foi dado início ao relógio biológico de uma geração. 23 de novembro de 2001. De lá até todos os anos que se seguiriam — com a dádiva de termos a mesma idade de nossos heróis —, ritualizaríamos o cineminha para, em imagens, suspiros e aventuras, crescer com radcliffes, grints e watsons.

Ingressos em punho, lá estávamos eu e minha mãe sentados no camarote do Cinemark, no ponto central da sala, núcleo *caliente* do planeta, no qual permaneceríamos por cento e cinquenta e três minutos. A eternidade por aquele momento, a eternidade naquele momento. A tela gigante era meu espelho de osejed, onde eu via refletidos meus desejos mais recônditos, a possibilidade (ou certeza) de ter um eu todinho bruxo.

O novembro seguinte traria a *Câmara secreta*. O país tinha agora um pentacampeonato, um novo Fenômeno, um novo presidente, um *new Brazilian* gingado que faria o meu sumido pai reaparecer apenas para se referir à minha mãe como *aquela que tinha colocado um pedreiro burro e estúpido na presidência*.

Era mais um novembro, portanto, com as lojas ornamentadas de árvores de Natal, e meus doze anos ornamentados com uma mãe deslumbrada por adereços e neves de espuma de shopping, gelando minha espinha a cada

vai lá tirar foto com o papai noel!
tira a foto senão não te levo pra ver o filme!

E, de repente, lá estava eu no colo de um idoso barbado, desesperado por aquela torta cristandade, gastando kodaks 24 poses que até hoje enfeitam a geladeira materna. Chantageado por um escambo baixo e gemendo ansioso feito murta-que-geme, topava tudo para sentar no centro da terra e voar em carros voadores.

Natal, a única ocasião em que minha mãe se tornava uma histriônica mãe judia.

O filme seguinte demoraria um pouquinho. *O prisioneiro de Azkaban* viria em julho de 2004. Eu já era um bar mitzavado, um homem que muito bem poderia ir sozinho ao cinema, não fossem os gritinhos de

não pode quebrar a tradição!
você tem que ver os filmes comigo, filho!

Por sorte, não era Natal. Se fosse, lá estaria eu outra vez no colo do idoso barbado, abraçando a rena, coagido, na indecência do escárnio materno. Eu, penugem no beiço, pentelhos guardados,

tá pesadinho o molecão!,

gargalharia o bom velhinho.

O terceiro filme já trazia os dementadores, os patronos e todo aquele léxico inédito que se transformaria em cinema-carne-e-osso tão logo minha bunda desgrudasse da sombra do joelho artrosado do nosso simpático Santa Claus.

Nota derradeira: aquela seria a última vez que eu veria um filme de Harry Potter com minha mãe.

Tradições devem ser quebradas quando, de uma hora para outra, a olhos vistos, Emma Watson deixa de ser uma menina para retornar às telas e às nossas vidas na forma madura, *smart*, esperta, forte e bela, muito bela, de uma mulher pós-estirão.

E foi assim, com um inesperado pauzinho duro no escurinho do cinema ao lado de mamãe, que nossa valiosa tradição teve que chegar ao fim.

32

[os achados que guardei //
algum dia entre 17 jul. 1996 e 29 fev. 2000]

Daniel, yingale amado, meu pianista,

Como vai? Você está bem? Antes de receber a sua carta de resposta, já escrevo a segunda. Acho que logo receberemos a sua, não, filho amado? Querido, você está gostando da sua família estrangeira? Sua pele melhorou? E aquelas espinhas? Sumiram? Tenho certeza de que na sua carta estarão as respostas para todas as minhas perguntas. Prometo, inclusive, que quando ela chegar, ficarei saboreando cada palavra, apenas para que não termine logo.

Aqui em casa, tudo bem. Não pense em nós! Divirta-se muito porque o tempo passa e, quando menos esperar, já estará na hora de voltar. Ah! A mamãe já te matriculou na faculdade! Que orgulho sentimos de você! Será que você está com saudades? Se tiver oportunidade, se informe se existe aí algum remédio bom para bronquite. Ou alguma cidade que cure a bronquite. Ou alguma bombinha que faça bem à mamãe, filho. Aqui em casa, tudo bem. Tenho mil perguntas, porém sei que tudo isso vou saber quando vier sua carta! Quando será que você enviou? Bom… Coma bem e se cuide.

Mil beijos da sua mãe,
Rachel

P.S.: Prometo mil vezes, estou ótima! Apenas saudosa.

33

Quando Rachel falava do passado, Isaac fechava os olhos, colocava as duas mãos nos ouvidos e gritava

chega!

Ela persistia um pouquinho, contra a corrente, remando mais alguns passos em direção ao passado e

chega, rachel! chega!

Silêncio.

Eu tinha pena de Isaac.

34

Na divisão de bens motivada pelo divórcio, meu pai ficou com o carro, com a casa no Recanto do Sabiá e minha mãe optou por ficar comigo. O apartamento onde morávamos, também dela, seria vendido. Com o montante, poderíamos alugar um menor e aplicar as sobras.

Até Isaac e Rachel se jogarem da janela, era esse o acordo.

Mas Isaac e Rachel se jogaram da janela.

Minha mãe herdou o imóvel dos velhos, vendeu o nosso anterior e, em um cálculo rápido, investiu todo o dinheiro da venda na minha nobre educação. Em nome do bom business, portanto, nos mudamos para um apartamento assombrado por mortes.

Sobre isso, muito a dizer, mas deixemos os fantasmas para um momento oportuno. Falemos primeiro do novo cotidiano, de nosso renovado sonho edípico.

Dia a dia: num acordo judicial incômodo para todos nós, meu pai visitaria aos finais de semana, pularia alguns por descaso, me deixaria esperando, eu esbravejaria contra ele e o mundo, minha mãe me acolheria com um carinho e, assim, essa bolha protetora mal-assombrada retardaria o meu crescimento emocional, impedindo que eu me emancipasse socialmente, afetivamente, sexualmente… mente… mente… mente.

Minha mãe e seu governo sem catracas. Seria sua estratégia criar um ambiente doméstico tão livre de amarras que nada… nada poderia ser menos convidativo do que fugir? Quanto mais ela dizia vai, voa, mais eu me repetia fico, fico, fico.

Os anos passaram e trouxeram consigo notícias de colegas bêbados, drogados, se roçando pelados em alguma festinha de bar mitzvah e eu ali, degustando um bom queijo com os amigos gays dela. O Chico era gay, o Pedro e o namorado do Pedro eram gays, o Flavinho também era gay e, além de gay, era dermatologista e vivia sugerindo cremes para minhas espinhas.

Em dezembro de 2006, finalmente decidi comunicar a todos os presentes que, no ano seguinte, minha meta seria a mesma que a dos jovens da minha faixa etária: entrar em um coma alcoólico.

amei,

disse Chico.

filho! não!
se quiser ter um coma, tenha aqui em casa!
já, já, em quarenta anos, vou definhar de velhice
e você segue sua vida como quiser, mas por enquanto
aqui será mais seguro!

Não, ela não disse isso. Jamais diria. Fez um discurso que envolvia fases da vida e necessidades de compreender meus limites e de encontrar um lugar no mundo com autonomia. Falou da adolescência como turbulência, experimentar sem exagerar, mas, sim, experimentar. A antissíntese do judaísmo brooklyniano aparecia mais uma vez na boca materna. Na falta de autoridade externa, tive que labutar com meus próprios recursos: e por tanto amor, por tanta emoção, mamãe me fez assim — eu, ditador de mim.

Chorei, chorei mesmo, e lhe disse que esperava que ela fosse um pouco menos compreensiva. Meu desejo de coma era um disparate, uma imprudência! O álcool andava levando jovens para o hospital, eu poderia ser um deles! Deveria ser punido só de pensar em me matar com álcool, não?

Não, não tinha jeito. Identificou meu faniquito como uma busca desejável por identidade. Por fim, propôs que, naquele mesmo Réveillon, alugássemos uma casa no mato e fizéssemos algum tipo de ritual de passagem. Eram rituais que eu queria? Rituais, então, eu teria.

Chico, Pedro e o namorado do Pedro nos acompanharam. Flavinho, por telefone, participou também. O plano pensado pelos adultos era potente: que lançássemos sobre uma pilha de carvão em chamas tudo o que gostaríamos de deixar no passado.

Foi a primeira vez que me ocorreu me lançar numa fogueira.

35

posso sentar aqui com você?

uhum.

ou prefere ficar sozinho?

sentaí, chico.

não quis jogar nada na fogueira?

nah, ia dar muito trabalho. [...] minha mãe foi dormir?

foi. feliz ano-novo, cara.

desde quando você fala *cara*?

quis parecer um pouco mais hétero, desculpa.

feliz ano-novo, chico.

você não cansa de ler?

não.

que livro é?

"quadribol através dos séculos".

harry potter?

tem a ver.

ok. tem gay na sua escola?

oi?

tem gay na sua escola?

não sei.

deve ter. catorze, quinze anos? deve ter.

ok. eu não sou, acho.

acho que você já saberia.

aham.

ande sempre com os gays. ou com as meninas.

tá.

promete?

quê?

tá apaixonado?

chega, chico.

você tem que desobedecer mais.

minha mãe? ela não me dá ordens.

mas você se dá.

ok.

quer maconha?

não.

é importante matar nossos pais.

você matou seus pais, chico?

matei. mas eles tão bem.

você tá bêbado?

um pouco. quer vodca?

não.

é importante beber, menino.

eu sei.

promete que não vai passar direto no vestibular?

hm? que tipo de pedido é esse?

quem passa direto esquece de viver.

tá, chico.

o que esse seu livro diz?

nada. bobagem.

quadribol é um jogo?

é.

quem é o pelé do quadribol?

o pai do harry.

o harry tem pai?

tem.

e o seu pai, tá bem?

eu matei ele.

36

a casinha na arvorezinha parecia pequenina à primeira vista.
era apenas um pontinho escondidinho na imensidão de
campos floridos e iluminados pelo sol de uma primavera
sem fim.
aos primeiros sinais do amanhecer na clareira da serra da paz,
quando o galinho moliputo começava o dó-ré-mi,
milonguito, lopo e lupo festejavam o calor do novo dia.
nessa terrinha das plantinhas vermelhas...

...

pai? você dormiu?

...

ah sim, filho,
na terrinha das plantinhas vermelhas, a oncinha tirolesa
preparava o café, com biscoitos, frutas doces, am...

...

pai? acorda.

não tô dormindo.
a onça tirolesa era quem preparava o café e...

pai?

...

pai, você tá triste?

não, filho, é só sono. dorme também.

...

tem certeza que não tá triste, pai?

tenho, filho. por quê?

...

filho?

...

pai,
alguém da família da mamãe foi morto em uma moto?

Até aquela noite, meu pai era um homem carinhoso à sua maneira.

Até aquela noite, as minhas noites eram cheiro de lavanda, perfume de pai.

Até aquela noite, as fábulas de meu pai ao anoitecer encontravam as de Joana ao amanhecer. O teto do meu quarto tinha estrelinhas de plástico coladas à mão, papeis de parede da cor dos sonhos de crianças e, nesse mundo ornamentado à prova de balas, alguém com meu sobrenome jamais poderia ter sido assassinado. Era proibido.

a jô me mostrou na tv. a gente viu o enterro.
a mamãe tá triste, pai?

De segunda a sábado, Joana dormia em um quartinho anexo ao corredor de nossa cozinha. Algumas tardes, eu dormi ali também. Joana era da família, diziam as vozes da minha infância. Joana é como se fosse da família, corrigiam as mesmas vozes da minha infância. Joana será demitida da família quando nos convier, escancaram as vozes da minha infância. O que anos construíram como fachada, uma noite destruiu como certeza.

Acordada de madrugada, com os murros de meu pai na porta, Joana talvez tenha entendido que quebrou o pacto da fantasia — ainda que os gritos do homem que dormia comigo tenham encontrado palavras mais violentas para se expressar. Onde o reino da fantasia acaba é que começa o Brasil. E eu só tinha sido ensinado a viver no primeiro.

Dessa noite, minha lembrança retém o volume da ira, dos urros e do desespero desmedido de um adulto que, ao perceber que a vida real tinha perfurado sua fortaleza, entendeu que o mundo do filhote nunca mais seria o mesmo.

O volume da ira, dos urros e do desespero.

E o rosto despejado de Joana percebendo que não poderia esperar o amanhecer para fazer suas malas e partir.

37

Minha mãe não se importava de dormir com fantasmas. Fez do apartamento vazio de Isaac e Rachel seu novo lar tão logo vendemos o nosso. Manteve os móveis, os objetos e a poeira, numa espécie de homenagem cômoda às suas únicas raízes.

A mim, coube o aposento em que Daniel, o pianista baleado, passara suas noites da infância à adolescência.

A ela, coube o quarto dos suicidas, onde Rachel nos meses anteriores ao pulo, precisava ser relembrada pelo marido aos gritos de que Daniel já não morava mais ali e nem em lugar algum do planeta.

Rachel, no entanto, vivia aquela falta todas as noites. Chorava aquela velha ausência todas as noites como se fosse nova, acordava com os olhos inchados, mas esquecida do que os fez inchar.

Nas poucas visitas que fiz ao casal, entre 1997 e 2000, Rachel me contava que o filhote estava em intercâmbio, vivendo com uma família estrangeira em um país distante, frio, nevado, onde o ano todo era inverno; uma terra em que as condições adversas de distância e tempo tornavam o moço incomunicável senão por cartas. Cartas que ele nunca respondeu.

é uma pena que dani, meu yingale, esteja viajando.
é uma pena que dani, meu yingale, resolveu morar tão longe.
é uma pena que dani, meu yingale, não consegue responder minhas cartas.
é uma pena.

Daniel morreu com mais de quarenta anos, mas a mãe se referia a ele como um garoto, ainda intocado pelas preocupações da vida e desobrigado dos deveres do mundo adulto.

Um playboy na neve — é essa a imagem que até hoje faço de meu primo distante, em respeito aos delírios de uma mãe viúva de seu único bebê.

daniel, yingale amado, meu pianista, como vai? você está bem?
antes de receber a sua carta de resposta, já escrevo a próxima.
a próxima. a próxima.

E foi assim que, junto com o apartamento, minha mãe herdou uma caixa de cartas nunca postadas, escritas pela tia ao filho morto.

No dia em que achamos as correspondências, minha mãe relembrou que, décadas antes, quando ela e Daniel eram pequenos, Rachel também não saía dos correios. Por outro motivo, certo, mas não tão distante daquele.

Isaac certa vez confidenciou que a esposa, antes de vir para o Brasil, também fugida da guerra — pela fenda de um gueto polonês —, tinha deixado em Varsóvia um irmão violinista. De seu destino nunca soube e, por não sabê-lo, nunca aceitou a versão mais provável da reversão do maninho em cadáver ou fumaça.

Na ausência de fotos ou comprovações, Rachel seguia enviando cartas à Polônia para o endereço que ainda lembrava — pedindo notícias e desculpas por ter sobrevivido — num costume epistolar dedicado aos falecidos que seria reproduzido, anos e anos mais tarde, com seu filho baleado.

Ser judeu, suponho, é não deixar que os mortos morram. De geração em geração.

E assim, naquele apartamento com cheiro de cinzas, minha mãe crescia, imaginando, a cada manhã, o carteiro polaco à procura da casa morta numa cidade em escombros. Um carteiro que, cansado de nunca encontrá-la — mas em posse eterna do envelope insistente —, talvez de raiva o tenha amassado ou, de fome, o tenha comido.

Hoje, entendo que nenhum amor é maior do que o amor aos mortos. Pois, aos mortos, não se exige retribuição. Apenas se lançam carinhos sem a exigência de retornos.

Ainda assim, sempre detestei aquele apartamento herdado, carregado de trauma, vazio de esperança. Por dias e dias e dias, o sol que atravessava aquela janela derretia o meu par de Chambinhos, mas tudo o que eu conseguia pensar era se Isaac e Rachel tinham pulado de mãos dadas.

38

[recortes que imprimi e guardei // 18 maio 2007]

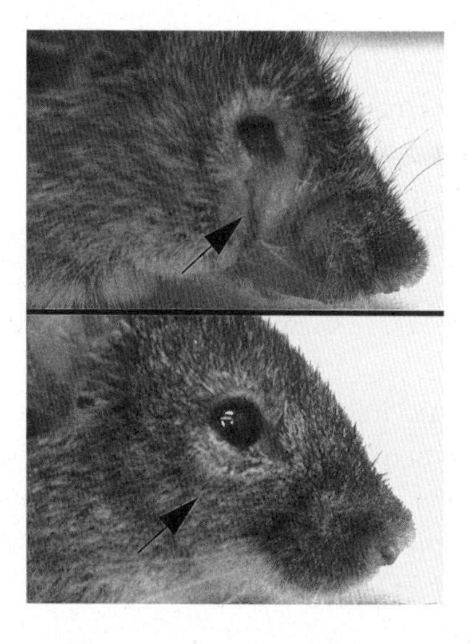

Acima, camundongo com a face ferida pela compulsão do TOC.
Abaixo, o mesmo animal após administração do medicamento.
(Foto: Nature/Jing Lu, Jeff Welch e Guoping Feng.)

39

Antes do destino nos transformar em cúmplices, no fatídico 23 de julho, a mera existência de Abrão já encaminhava mudanças silenciosas no primeiro semestre de 2007. Existir outro judeu no colégio (ou no mundo) não apenas me dava o conforto do acolhimento, como também me incentivava a construir uma versão renovada de mim mesmo.

Meus amigos mais antigos, Joca, Plínio, conheciam os pormenores de todo o meu catálogo de traumas, manias, defeitos e, por tão bem conhecê-los, manifestavam o seu carinho e amizade cutucando a fundo essas feridas.

Abrão não. A Abrão tanto fazia o meu passado, contanto que eu não o deixasse sozinho aos leões eclesiásticos de uma escola nova.

Depois da aula, frequentemente almoçávamos na casa dele. Era filho único de pais judeus milionários e praticantes, que reagiam à minha pobre ascendência romena materna com o mesmo asco com que reagiriam se eu dissesse que uma rabina celebrou meu bar mitzvah. Como de fato disse. Como de fato reagiram.

Na ausência de outros judeus, no entanto, era eu o que restava ao filho deles.

De quando em quando, além dos pais de Abrão, a avó sentava-se à mesa. Ruth. Vovó Ruth. Morava sozinha a uns quinze minutos dali, nas proximidades do aeroporto. Um mesmo taxista fazia semanalmente esse transporte vai-e-vem e ficava à sua espera enquanto comíamos com pressa, entre as aulas da manhã e da tarde.

Simpática a Vovó Ruth, com laquê e seus melhores vestidos. Fazia desses almoços um evento de gala. Abrão a amava, num amor de reconhecimento fácil e de inveja inevitável. Ter uma avó — que coisa linda de se ter.

Na verborragia daquelas pessoas, aprendi que o salão de festas da Gaby Lerner estava prosperando, que a deli do Jacob Milnan vendia peixe importado da Noruega, que o irmão mais novo do Avi Gorkman ganharia uma scooter caso passasse no vestibular, que a filha da Miriam Olmert estava namorando um goy, que o Martin Kutner — neto do pneumologista Saul Kutner, aquele que curou a hérnia do Davi Kilner — tinha vinte anos e já ganhava três dígitos.

Um rol de pessoas desconhecidas, mas que ali eram tratadas como parte de um dicionário compartilhado. Todas as notícias eram antecedidas por não-que-isso-me-diga-respeito-mas. Esses eram os Moronstein. Mil por cento judeus. A história de nosso povo glorificada a cada garfada era um verdadeiro ímã para mim.

Junto a eles, ao anoitecer das sextas-feiras, cumpri diversos *shabats*, ritual de descanso sagrado e renovação espiritual. Saciado, acompanhado pelos anjos, voltava para casa esparramando meu encantamento a respeito das tradições nos ouvidos de minha mãe. Foi então que, finalizado um desses relatos deslumbrados, ouvi da boca dela, pela primeira vez, a revolta que por anos esperava.

se não gosta daqui, vá morar com os moronstein.

Eu disse que iria.

Então, ela chorou. Como nunca a vi chorar.

Chorou por minha rebeldia, colérica e escandalosa, como uma sonhada mãe judia. Apaziguado pela erupção de uma *drama queen*, sublime caricatura hebraica, me recolhi ao quarto e dormi feliz, na leveza do luxo de curtir horinhas de sono como um inconteste herdeiro de nosso povo.

Não, nenhuma culpa poderia surgir daí. Apenas restaurada admiração. Passadas quase duas décadas, sigo atiçando a ira de mamãe; tudo para que a chama ancestral do judaísmo flameje viva em nossos corações.

40

[último dos recortes que guardei // 21 jul. 2007]
Espera pelo último Harry Potter chega ao fim

Quando o Big Ben, o famoso relógio de Londres, marcou 0h01 deste sábado (20h01 de sexta-feira pelo horário de Brasília), livrarias na capital britânica e em mais de noventa países foram invadidas por uma multidão em busca de Harry Potter e as relíquias da morte, *o sétimo e último livro da série.*

Em Londres, os fãs do bruxinho criado pela escritora J.K. Rowling, muitos vindos de várias partes do mundo, formavam filas havia três dias para garantir seu exemplar e conhecer o destino do herói [...]. *Depois de acompanharem as aventuras por dez anos, os fãs estão ansiosos pelo embate final entre Harry, o chamado "menino que sobreviveu", e o vilão Voldemort, "Aquele-Que-Não-Deve-Ser-Nomeado".*

Seguirá o jovem bruxo como único a ter sobrevivido às maldições do Lorde das Trevas? [...] *A autora já avisou que alguns personagens vão morrer e que o livro pode entristecer os leitores.*

"Vou chorar?", perguntou uma fã-mirim a Rowling no programa Blue Peter on Friday, *transmitido pela BBC One.*

"Você alguma vez já chorou com um livro triste?", perguntou Rowling. "Eu chorei quando Dumbledore morreu", respondeu a menina. "Então, acho que você provavelmente vai chorar com este livro também", disse a escritora.

41

Amanda gostava de e.e. cummings (quem?), de *O mundo de Sofia*, Evanescence e cinema mudo. Gostava de Mary Pickford (quem?), de cenas de beijos, de quiche de palmito, da língua portuguesa, das suas regras e construções.

Me ensinou o significado de ardiloso, balbúrdia, ciclópico, empedernido, filigrana, hermenêutica, himeneu, insolência, languidez, mitocôndria, perdulário, recôndito, sorumbático, taciturno, veneta e zabumba.

A escola era nosso ponto de encontro. Fora dela, nos descobrimos amigos (ok, chamemos isso de amigos) em uma livraria de shopping, quando ela me flagrou comparando as traduções português-espanhol para *mejor* compreender os livros de Maribel. Não, nem mesmo o estranhamento aterrorizante de encontrar alguém amado fora de seu contexto esperado impediu que nos aproximássemos.

Em 2005, com o lançamento do quarto filme de Harry, o *Cálice de Fogo*, Amanda tornou-se a primeira mulher a me acompanhar a uma sala de cinema, desde que dispensei mamãe da função. O mundo da magia estava cada vez mais sombrio, com mortes e paixões. Os jovens de Hogwarts agora tinham olheiras, pânicos e namoricos; os dilemas deles eram os nossos. Lutar contra as trevas enquanto se está apaixonado cansa demais os corações.

Antes de Amanda beijar o Joca, o Plínio e outros treze, nossa vida era mais fácil. Se o namoradinho dela não tivesse morrido, talvez nossa vida tivesse sido ainda mais fácil, mas também não teríamos nos conhecido.

Cinco meses antes do lançamento do último livro da saga, quando estava prestes a voltar do Canadá, naquele alvoroçado 2007, foi lançado um teste online para saber a que casa de Hogwarts nós pertenceríamos.

mandy_91@yahoo.com

Lembro até hoje desse simpático endereço para o qual mandei o link do questionário e um desenho, de próprio punho e escaneado, do Chapéu Seletor gritando nosso nome.

Amanda, no entanto, colocava um pé na maturidade antes de mim e, me fazendo criança, gozou do e-mail e de seu anexo, dizendo não estar mais interessada em nada daquilo.

42

[Quiz! De que casa você seria em Hogwarts?]

Resultado:
Lufa-lufa.

Quem não sabe, que se inteire da dor.
Um resultado desse pode acabar com a vida de uma pessoa.

43

[os recortes que guardei //
1 set. 2004, jornal *Notícias Populares*]
Justiça absolve cuidador de idosos que caíram de prédio

O STJ (Superior Tribunal de Justiça) absolveu [Nome Dele], *o cuidador do casal aposentado Isaac e Rachel* [Potter] *que, em março de 2000, caíram do prédio onde moravam no bairro de Higienópolis, região central da capital.*

O Tribunal Superior reverteu uma decisão do TJ-SP (Tribunal de Justiça de São Paulo) que havia fixado uma pena de três anos de prisão para o acusado por negligência. A absolvição aconteceu após a Defensoria Pública de São Paulo recorrer pela segunda vez da decisão do TJ-SP.

O Defensor Público Matias Solto Ferroz, responsável pelo caso, argumentou que o homem estava exercendo seu direito de ir ao banheiro durante o expediente de trabalho. "Não se pode negligenciar que a conduta praticada decorre de uma necessidade fisiológica, incontornável a qualquer ser humano."

A defesa sustentou, também, que o contrato de trabalho do acusado indicava a função de "prestador de serviços domésticos não especificados", dispensando-o, portanto, de zelar integralmente pelo comportamento dos idosos.

O MP-SP (Ministério Público do Estado de São Paulo) recorreu da nova decisão. A família sustenta a acusação.

44

Meu pai é meu pai. Meu pai é pai de Maribel.

Mas no site de relacionamentos em que ele começou a manter um perfil, a quantidade de filhos dizia

zero.

Antes que sumisse de nossa vida definitivamente — e, não, meu querido, não me venha aparecer caso este livro faça algum sucesso —, conheci algumas de suas namoradas, não fiz nenhuma gostar de mim, nenhuma me fez gostar de mim.

Numa de nossas últimas noites juntos, em um dos muitos flats em que viveu sozinho, gritei aos berros.

elas ou eu?,

mas a escolha já tinha sido feita, havia muitos e muitos anos — provavelmente, inclusive, naquela exata noite em que Joana rompeu nosso pacto de fantasia, nosso castelinho amoroso forjado a partir da cama dividida, do abismo entre corpos ao fim do corredor.

Suponho, sim, que tenha sido ali que meu pai notou que precisaria achar outros cantos e pessoas para reinventar a farsa e a felicidade.

Quando um pai deserta, deixando à companheira e ao filho o peso dessa antipresença, a sensação não é a de que ele está partindo, mas, sim, a de que nós é que sobramos.

Delícia, não? Quase nunca a vida tem a fofura de nos oferecer os rituais e os tempos necessários para elaborar certos acontecimentos. Vamos em frente, então, desse jeitinho mal resolvido e foda-se. Trauma que não vira indizível, vira livro. Cá estamos.

Ser judeu é também ir até o fim no ridículo. E até por isso não me envergonho da última investida para me aproximar de meu pai.

Ah, sim, claro, isso tudo foi muito antes do Tinder, do Bumble, e de tudo aquilo que usamos para tentar uma conchinha sob o edredom. Com doze anos, aquela era a primeira vez que eu criava um perfil em um site de relacionamentos.

Interface web rústica, ideal para um embate trágico.

Ésquilo, Sófocles, vos apresento Narinha.

De: Narinha
Para: Noah

Olá Noah, tdo bem?
Vi no seu perfil que vc não tem filhos. É verdade?
Tenho 3 e amo todos. Fiquei interessada em te conhecer mais.
Um beijo,
Narinha (Nara Alves Bastos, solteira, 31 anos)

Passaram-se décadas. Hoje sou alguns poucos anos mais velho que Narinha, a personagem que inventei para seduzir meu pai online. Tanto quanto a nossa vida familiar, a mensagem segue sem resposta.

Fica apenas a dúvida, quanto a em que parte do meu texto não fui uma mulher convincente ou, ainda pior, uma mulher capaz de interessar a alguém tão desinteressante quanto meu pai.

Tia Sarita, Oliver Babiak, psicanalistas de todo o mundo, deleitem-se.

RIP Narinha.

45

[os recortes que guardei //
11 mar. 2000, *O Estado de S. Paulo*]
De sobrevivente da Shoah a advogado das celebridades, Isaac
deixa um legado de coragem

Quando o exército de Adolf Hitler invadiu a Polônia e decretou o início da Segunda Guerra Mundial, Isaac [Potter] *era apenas um garoto de doze anos, filho caçula de um casal de comerciantes romenos, egressos da antiga Bessarábia.*

Em menos de cinco anos, perderia seus pais, um irmão e outros vinte membros de sua família. Em 1944, agarrado à sua irmã, grávida de um combatente, e ajudado por um empresário local, embarcou em navio rumo a destino incerto.

Três meses depois, aportaria no Brasil, país que até então desconhecia, e onde passaria o resto de sua vida. Na chegada, o trauma: sua irmã morre no parto, deixando a Isaac os cuidados de Eva, a recém-nascida. Com dezoito anos, guardião de sua sobrinha, e num lugar de língua estranha, Isaac começa ali uma nova saga de adaptação e crescimento.

Sob os cuidados da comunidade romena, o então adolescente seria colocado para estudar e, menos de uma década depois, iniciaria sua carreira de advogado na Universidade de São Paulo. Da aprendizagem à fama, "um sopro", como gostava de definir. Tornou-se advogado de atletas, atores e políticos. E, nas paredes do escritório, um enorme mural de fotos não escondia o orgulho que Isaac sentia de seus famosos clientes.

Sempre acompanhado por Rachel, também sobrevivente dos horrores da Shoah, e com quem dividiu vida e morte, Isaac lutou por causas sociais e se voluntariava a atender clientes que não podiam pagar pelas consultas. "Foi um homem gentil, correto e sonhador", revela Eva [Potter], 55, *dona de uma pequena doceria na capital. "Órfão reverso", como se autodefinia depois da morte de seu único filho biológico, Isaac nunca se deixou abalar.*

Deixará saudade e a coragem como marca.

46

Eu gostaria de poder colocar em outras palavras, mas Isaac odiava seu cuidador.

E quando Isaac deixava claro seu ódio, Isaac era perdoado, porque Isaac, apesar de odioso às vezes, era um velho desde sempre.

Deixemos para outro momento o descarte das opiniões dos velhos. Sim, deixemos de lado, por ora, algumas palavras sobre um contingente senil e café com leite, com o qual nos comunicamos por vozes estúpidas e agudinhas.

Não precisamos nos dar ao trabalho. Basta afastarmos essa galera do convívio público e suas angústias — ou seriam as nossas? — ficarão pacificamente encarceradas em quartos fechados, hospitais geriátricos e casas de repouso que, não raro, misturam a palavra *lar* com nomes de flores, plantas ou belíssimos fenômenos naturais. A melhor idade.

Deixemos isso tudo de lado, porque, nesse caso, não há como driblar o fato de que Isaac odiava seu cuidador.

Em minha infância, nas poucas vezes em que estive em seu convívio, não raro ouvia Isaac dirigir ao funcionário os piores adjetivos. Formas várias de dizer ladrão. Os traços mais nefastos do tio de minha mãe não eram os judaicos — essa era a sua melhor parcela, eu diria —, mas, sim, os traços de classe.

Como um bom classista disfarçado de classudo, às vezes até usava inglês para seus xingamentos. *Amazing, right?* O estrangeirismo demarcava a fronteira social, o eximia do flagrante e poupava, com fina educação, os sentimentos do pobre coitado. *Really amazing, right?* Nunca lhe ocorreu, porém, que a linguagem da repulsa é sabidamente universal e não precisa de legendas.

Dos seis aos dez anos, pedi desculpas ao cuidador todas as vezes que o encontrei. Ele, então, sorria dizendo que Isaac era apenas um velho e que, como todos os idosos, era comum que se sentisse roubado.

é da natureza do tempo roubar tudo aquilo o que somos,

completava, talvez em outras palavras.

o filho da puta é um poeta,

Isaac rugia, nessas exatas.

O poeta que, tempos depois, além de poetizar, foi mijar na hora errada e, de quebra, recebeu um processo da minha família.

Nos dias que se seguiram ao pulo de Isaac e Rachel, obriguei minha mãe a ir à sinagoga diariamente rezar pelo seu tio. Mas minha mãe tinha suas questões com Isaac, era indiferente a Rachel e projetava seu ressentimento em todos os que vieram antes deles e de nós.

Nos discursos do rabino por ocasião das mortes,
ou dos amigos do casal suicida
ou dos amigos dos amigos do casal suicida
ou dos judeus aleatórios que amam bater ponto em velório
ou casamento,
nenhuma menção ao ódio de Isaac.

De todos os adjetivos usados, nenhum deles sequer se aproximava do óbvio. Ou do ódio. "Teimoso" e "cabeça-dura" talvez tenham sido os que chegaram mais perto nas tentativas de descrever Isaac.

Aquilo me embasbacava. Sobrevivente de uma guerra que dizimou milhões de seu povo, ainda assim, Isaac era capaz de se nutrir do ódio. Intrigante, não? Eu tinha dez anos e, quem diria, tirava conclusões com minha cabeça de dez anos.

Ao longo das décadas seguintes, quando o mesmo dilema invadia conversas privadas ou públicas, percebi que muitos adultos, por mais adultos que fossem, insistiam em pensar com a minha cabeça de dez anos: sobrevivente de uma guerra que dizimou milhões de seu povo, Isaac ainda assim era capaz de se nutrir do ódio. *Ainda assim*. Ou seria... *até por isso*? Hm, não, não vamos entrar em polêmicas.

Deixamos de lado aqueles que acreditam que passar por Buchenwald, Auschwitz, Dachau, Sobibór, Treblinka obriga o sobrevivente à bondade quase angelical; como se, afinal, testemunhar um genocídio arbitrário fizesse florescer o melhor em nós. Não, não vamos falar de pedagogia à base da violência, que, ops, às vezes as mentes mais abertas acabam, acidentalmente, por deixar escapulir. Deixemos pra lá.

De todo o modo, por ter escrito *suicida* sem ressalvas para descrever meus parentes puladores, peço desculpas. O correto seria dizer que a bala que vitimou o filho pianista matou também Isaac e Rachel com alguns anos de atraso. Ainda que ambos já estivessem mortos muito antes disso, quando suas famílias inteiras viraram estatística nos fornos dos campos.

Isaac e Rachel.

Duas vidas que não passaram de sucessões de mortes terminadas em queda.

Queda.

Na religião judaica, nossos corpos não nos pertencem; pertencem a Deus — de modo que, quando se lançaram pela janela, Isaac e Rachel cometeram dois assassinatos.

Fosse seguida a ilibada regra da tradição, em suas vertentes mais ortodoxas, aos dois estaria reservada uma ala separada do cemitério judaico, longe dos chamados "justos". (Um sobrevivente que se mata não é *justo*?)

Naqueles tempos, a separação geográfica e espiritual ainda era prática corrente, de modo que o lugar dos titios seria mesmo longe, longe, longe dos justos — ali bem fora de mão, próximo aos muros do terreno. Muros que, em nosso cemitério, tinham o charme de criar uma barreira física entre as bem esculpidas lápides e as favelas do entorno.

(Vejam só, nesse nosso cemitério, para além dos mandamentos canônicos, oferecíamos a punição como reparação social da alma: haveria maneira melhor de exercitar a empatia de um suicida endinheirado do que colocá-lo no convívio perpétuo com outras classes?)

Numa artimanha semântica, porém, o pulo virou queda, os dilemas apaziguaram-se e, hoje, Isaac e Rachel repousam em um cantinho arborizado da necrópole, ao lado da vovó que nunca conheci. A vovó que morreu de tifo tentando não virar cinzas.

Lendo mais de uma vez o obituário de Isaac, encomendado por minha mãe, relembro que, um pouco como Harry Potter, a memória pode ser ficção; uma criação de realidades paralelas ajustadas a nossos desejos, necessidades e possibilidades. E que, também como Harry Potter, tornam-se tão ou mais verdadeiras quanto o que nos habituamos a chamar de fato. *Obliviate.*

É, minha mãe tinha suas questões com Isaac, era indiferente a Rachel, projetava seu ressentimento em todos os que vieram antes deles e de nós, mas encomendou ao casal de tios um passado de glória heroica estampado em jornal.

Eu a entendo.

Ser judeu é não compreender em quais porções tradição, memória, sobrevivência e culpa se bagunçam no sangue. Ser judeu é um eterno vai-entender.

47

Amanda voltou do intercâmbio com uma infinidade de histórias, discursos de saudades de mim, e um novo corpo de moça-emma-watson-do-filme-quatro. A soma dos fatores parecia, no entanto, ter criado entre nós um campo magnético adverso, fazendo do primeiro reencontro um evento estranhíssimo.

Talvez eu soubesse demais da vida dela. E da morte do namorado dela. E da vez em que ela pensou em cortar os pulsos no Canadá. E do jeito como o Bram ficou de pau duro no Canadá, só de olhar pra ela. Ou das palavras em inglês que ela começaria a misturar com as nossas. E de como eu nojentamente incorporaria e reproduziria esse costume, feito um pobre algoritmo solitário condicionado a misturar tanto nossas palavras como nossas vidas.

Quem poderia imaginar que meses no exterior enferrujariam esse entrosamento, não é mesmo? Eu sempre soube que é melhor nunca ter *faith in people*, nem em *distance*, nem em *time*. O mundo estranhou-se. Mas,

vc ainda eh melhor amigo q alguem pode ter.

Ela me disse depois do almoço, por MSN.

No virtual, livre da ferrugem do cara a cara, Amanda desandou a tentar nos redimir. Perguntou, com carinhas felizes e caracteres minúsculos, se eu queria jogar campo minado online. Jogamos. Se gostei das aulas da manhã. Médio. Se era verdade que eu queria fazer letras. Talvez. Se era cagada a gente não ter se matriculado no cursinho. Se eu tinha mais medo do vestibular ou do aquecimento global. Se o futuro do planeta estava mesmo condenado. Ou se era nossa amizade que estava derretendo. Hm.

Já que minhas monossílabas limitavam o progresso do papo, ela admitiu que queria falar uma coisa específica. Eu disse

fala.

quer ir no cinema comigo, harry?

Eu disse

quero.

pode ser hoje?

pode.

pode ser agora?

pode.

você consegue chegar no cine vitrine em uma hora?

consigo.

* * *

mãe, preciso chegar no vitrine em uma hora, me ajuda.

vai com a amanda?

vou.

que filme?

um filme mudo. prefere que eu não vá, mãe?

por quê? claro que não, vai lá.

a gente não ia ver esse junto, mãe?

não, nunca disse isso. nem sei que filme é.

não prefere que eu fique em casa?
eu acho que tenho prova amanhã.

amanhã é sábado. filho… tá tudo bem? você quer ficar aqui?

não, eu vou.

* * *

joca blz tah online?

to.

vo no cinema com a amanda.

pega na buceta dela.

kla boca.

hahaha. otario.

flw joca.

* * *

duas meias pro filme mudo, por favor.

comprovante da meia.

ela ainda não chegou, moça.

mas vai chegar?

vai.

ok, vou confiar.

eu também, moça.

* * *

oi, harry.

que susto. oi, amanda.

você tá com medo de mim?

medo, eu? não, não. comprei pra você, olha.

obrigada. quanto te devo?

nada, minha mãe trabalha horrores
para eu poder te pagar esse cinema.

que piada sem graça.

desculpa, amanda. quer chiclete?

não. você gosta mais no meio ou no fundo?

aqui tá bom.

* * *

sua mão tá gelada, harry.

ela é assim, amanda. tá começando o filme, ó.

tá tudo bem, harry?

uhum.

não tá gostando?

o que você quer falar comigo, amanda?

você já ficou com alguém, harry?

oi?

silêncio aí no fundo, porra!

* * *

tão mandando a gente ficar quieto, amanda.

mas você já ficou com alguém, harry?

já.

quem?

uma pessoa numa festa.

quem?

não sei o nome.

você nunca ficou com ninguém, né?

eu preciso ir no banheiro, amanda.

agora?

agora.

* * *

desculpa, gente. desculpa, emergência.
bati na sua perna? desculpa.
eu preciso passar, eu preciso passar. mesmo.

* * *

alô, mãe, me busca?

já?

já.

onde você tá?

no vitrine, mãe.

tá tudo bem?

tá. me busca.

* * *

desculpa, gente. voltando. desculpa, eu tô sentado ali.
bati na sua perna de novo? desculpa. desculpa o incômodo.

* * *

amanda, oi. desculpa. minha mãe tá passando mal.
vou cuidar dela.

hm? precisa de ajuda?

não. vê o filme e depois me conta.

mas, harry. sério, harry?

preciso.

silêncio vocês dois aí no fundo, porra!

* * *

você atravessando de novo, cacete?

desculpa. última vez que passo. licença, juro. desculpa.

* * *

a saída é ali? ah, mãe! aqui!

tá tudo bem, filho?

tá. me dá a mão.

sua mão tá quente, filho.

esquentou, mãe. tô melhor agora.

48

Ao contrário de muitos judeus — pra variar —, minha mãe recusava-se a usar subterfúgios para escrever o nome de Deus. Negava, portanto, a apóstrofe da grafia D'us, inscrição tradicionalmente usada no judaísmo para evitar a exposição cristalina e vã de Seu nome.

O Velho Testamento era fundado no temor ao divino, sabíamos, mas mamãe dirigia na contramão e dizia que eram os homens — e não Deus — que inspiravam seus pavores. Se, com essa teoria, ela se referia aos nazistas ou ao meu papi, preferi não saber. Como filho obediente, sigo sempre seu dicionário, na certeza de um Ser Supremo e Cool que prefere a discografia dos Beatles à devastação das guerras.

(Favor, não me puna, Senhor. Caso ache melhor o vocativo D'us mesmo, só avisar. A gente revisa. É nóis demais, sem crise.)

Também segundo o prolífico dicionário particular de mamãe, *ativo* é uma palavra que dá conta de reunir todas as posses e bens que formam o patrimônio de uma pessoa. Mesmo que eu não tenha perguntado, ela resolveu me explicar o conceito para ilustrar a tese de que meu pai é um cuzão.

Um cuzão que abriu mão do principal ativo da vida dele para, abre aspas, ficar comendo putas. As putas, não conheço. Mas o ativo, nesse caso, seria eu.

Hoje, deve fazer uns quinze ou vinte anos que a Amanda falou que me amava pela primeira vez. Não que eu ainda pense nisso, mas Babiak, se falasse e ainda existisse, talvez dissesse sim, você ainda pensa nisso.

Do contrário, por que dedicar a ela tantas linhas?

Quem fica em silêncio quase sempre tem razão.

Amanda me amava, suponho, porque eu era um menino triste.

Talvez a tristeza fosse meu principal ativo, lembro de explicar para ela.

Ativo, sabe Amanda, é uma palavra que dá conta de reunir todas as posses e os bens que formam o patrimônio de uma pessoa. Eu ser triste é o que me constitui e me diferencia, acho, porque ninguém mais é triste, além de mim, entendeu, Amanda?

Hoje, faz um pouquinho mais de uns quinze ou vinte anos que travei diante do primeiro eu te amo de Amanda.

obrigado por me amar,

agradeci com sinceridade e pavor.

Guardada em meu museu materno, a frase estampa uma camiseta estilizada com o qual Amanda, engraçadinha, me presenteou dias depois.

Desde que comecei a contabilizar os nossos números há muitos e muitos anos, a gente foi ao cinema um total de 55 vezes, andou de bicicleta 42, comeu 147 caixinhas de nuggets, decorou os 72 nomes diferentes que o judaísmo dá a Deus, assistiu a 101 episódios de *Friends*, 215 capítulos de *O Beijo do Vampiro* e 5 Olimpíadas. No mais, de lá pra cá, nos encontramos quase todas as semanas.

Seu costume de encostar em minha mão — o qual ela repetiria mais 63 vezes — teve início naquela tarde púbere, no falecido Cineclube Vitrine. Sorrateira, escondida, intrusa, Amanda planejava um beijo calado em um filme mudo, no momento exato em que o não dito e o absurdo de ficar quieta a fariam se dar conta e concluir acontece... eu amo ele.

ou

harry, você me enfeitiça.

Por coincidência, instantes antes dessa cena se consumar, eu passei mal e tive que ir embora. Mais tarde, depois de transcrever o diálogo do cinema em meu diário, me lembro de ter ligado para ela, explicando minha fase de transição.

tá transitando pra onde, harry?

Mais uma vez engraçadinha, Amanda fez questão de pontuar que eu falava de transições desde o remoto dia em que ela disse me amar pela primeira vez.

tem transições que são longas mesmo, entendeu, amanda?

O principal ativo da Amanda era a solidão. O meu era a tristeza.

E foi por isso que a gente se amou.

Mas foi por isso, também, que a gente não pôde ficar junto.

Por isso, claro, e por tudo o que estaria para acontecer, dali a pouco, em 23 de julho de 2007.

49

[certificados de compra que guardei // 17 jul. 2007]

Certificado de Compra — Pré-Venda — Fnac Pinheiros
Harry Potter and the Deathly Hallows
Importado, R$ 79,90

Previsão de Entrega: 23 de julho de 2007

50

Em 18 de julho de 1925, Adolf Hitler publicou o seu *Mein Kampf*.

Em 18 de julho de 1994, um atentado a um centro comunitário judeu, a Associação Mutual Israelita-Argentina (Amia), em Buenos Aires, matou oitenta e cinco pessoas.

Em 18 de julho de 1996, Joana cumpriu seu turno, recebeu os honorários, ignorou a presença do meu pai, me apertou com um abraço carinhoso e despediu-se de nosso apartamento. Ignorou, para isso, os altos índices de desemprego do país e os pedidos insistentes da minha mãe — calcados cruelmente na exposição desses mesmos índices — para que reconsiderasse sua decisão de partir. E partiu.

Em 18 de julho de 2007, por fim, nas primeiras horas da madrugada, eu e minha mãe dormimos juntos, olhos vermelhos e atentos às notícias da velha TV do quarto: horas antes, um avião tinha derrapado na pista do aeroporto, colidido com um posto de gasolina vizinho e explodido os cento e oitenta e sete passageiros, assim como doze pessoas que circulavam pelas ruas.

Tem madrugadas que custam a amanhecer.

Da lista dos mortos, divulgada na manhã seguinte, não conhecíamos ninguém.

Plínio, na escola, disse que um amigo de sua prima foi uma das vítimas. Tinha acabado de se casar.

Da infância até o dia da explosão, eu tinha certeza de poder evitar ou provocar tragédias. Aquela foi a quarta que me escapou e, até hoje, estranhamente a carrego nos ombros.

Na tarde do dia 18 de julho de 2007, conversei um pouquinho com Abrão pelo computador. Sua avó, a Vovó Ruth, tinha sido hospitalizada de madrugada. Talvez, quem sabe, no momento exato em que eu e minha mãe nos abraçávamos de dor na cama pelo mundo e suas tragédias.

Das possíveis causas para o seu infarto, os médicos cogitaram que ela pode ter se assustado com o barulho do choque do avião, ocorrido a trezentos metros de sua casa. Foi resgatada por um vizinho que, num ato de cuidado ou urgência de fofoca, tocou sua campainha para dividir um pouco do assombramento pelo mundo e suas tragédias.

Antes de desligar o telefone, Abrão pediu que eu rezasse pela sua avó.

mas, abrão,

respondi,

eu não sei rezar.

* * *

Desde o pulo de Isaac e Rachel, eu era poupado da morte e seus rituais, o que, na devassidão macabra do universo, não é uma marca desprezível.

Em 21 de julho de 2007, a despeito das minhas rezas desajeitadas, a morte da Vovó Ruth me levou de volta ao cemitério.

O cemitério judaico seguia sendo um campo grande, verde, de lápides rasteiras, com ares de parque. Morada dos Moronstein, dos meus e dos nossos. As flores nascem das plantas e não dormem nos túmulos. Sobre eles, apenas algumas pedrinhas deixadas pelos familiares e amigos enlutados, no que eu considero o mais bonito costume do judaísmo.

Cada pedrinha marca uma visita, um atestado de presença daqueles que, por saudade, respeito ou obrigação, estiveram diante da sepultura. Ao contrário das flores — e tal como a memória —, as pedras não morrem. Na solidez da rochinha, o atestado da resistência dos vínculos e de uma tradição milenar.

Abracei Abrão com a força toda da nossa amizade recente e percebi que nunca tínhamos nos abraçado antes. Agradeceu o carinho, o gesto e, à minha mãe — numa fala que até então eu só tinha ouvido sair de bocas adultas —, deu os parabéns por ter um filho tão maravilhoso. Eu.

Mamãe corou. E selou, assim, a sua paz com todas as gerações passadas, presentes ou vindouras dos adoráveis Moronstein.

Diante da sepultura de Isaac e Rachel, deixei uma pedrinha que, demarcando a minha visita, talvez também apaziguasse a relação de minha mãe com seus antepassados.

Um dia aquela será a minha casa também. E a pedrinha que deixarão sobre meu túmulo já está formada e sólida em algum canto desse país ou do mundo, perdida na grama ou em calçada ou em uma pedreira, apenas esperando seu destino.

Ao fim da liturgia, Abrão me chamou de canto, arriscando a ideia de que viajássemos ao Recanto do Sabiá dali a alguns dias. Os pais não estariam. Seríamos nós e dois primos.

Eu, que sempre odiei estranhos e inesperados, me surpreendi com a minha falta de susto ao responder

sim, claro, vamos, quando quiser.

Seria a primeira vez que eu não dependeria de minha mãe para pegar uma estrada e partir. A primeira vez que retornaria àquele condomínio, paisagem costumeira da infância, à qual tive que renunciar pelos regulamentos de uma divisão de bens, uma divisão de pais.

E no mais, a chance de um bem-vindo coma alcoólico. De ser jovem como os jovens de fato são. De esquecer Amanda. De não ser quem sou.

Em vinte e quatro horas, eu estaria com o último livro de Harry Potter nas mãos e, em sua posse e companhia, pronto para onde quer que me levassem.

No dia em que Vovó Ruth encerrava a sua vida, me era dada a chance, finalmente, de reinventar a minha.

II

23 de julho de 2007

I'm going to keep going until I succeed — or die.
Don't think I don't know how this might
end. I've known it for years.

Harry Potter, em *Harry Potter and the Deathly Hallows*

8h

Nunca fui ensinado a me despedir. Os fins, até então, me atravessaram a vida feito relâmpagos, deixando cortes e cicatrizes de raio na minha pele de menino.

A partida de Joana. O assassinato de um primo distante. O pulo de dois velhos desesperados. As idas e vindas e idas de um pai. Despedidas, mortes sem aviso, lembretes de um mundo cujo controle sempre me escapou.

Acordei, em 23 de julho de 2007, de um sono sem sonhos. Sonho nenhum se compara a acordar na certeza de uma felicidade iminente.

Acordei, também, com meu *schmock* em riste — feito mastro de barquinho ansioso para navegar pelo gozo do planeta.

Harry, Ron, Hermione, adolescência. Declaramos iniciada a nossa pequena cerimônia do tchau. E esse adeus, expressivo como os anteriores — mas anunciado como nenhum outro —, chegaria, ao menos, com a oportunidade prévia de elaborar seu luto.

A loja abriria às 10h. Abrão me buscaria de carro. Recolheríamos a encomenda à minha espera, para então seguir viagem ao Recanto do Sabiá.

Atar as duas pontas da vida,

como li em um dos livros da listinha do vestibular.

mas foda-se o vestibular,

vibrei.

9h

Naquela manhã, na cozinha, percebi que minha decisão de viajar era uma decisão de desmame. O convite de Abrão — e meu sim imediato, pois sem sins não se avança — parecia ter removido, de assalto, o véu que separava o castelo aninhado da infância do pragmatismo libertário de um adulto em construção.

Minha mãe estava envelhecendo, e isso era nítido.

E enquanto ela envelhecia, eu cresci.

Da noite para o dia, nossas dinâmicas de sempre perderam o sentido na alvorada do 23 de julho. Os velhos protocolos umbilicais desintegravam-se no ar insensíveis à resistência de mamãe, tornando-se apenas mais um cheiro de passado incrustado naquelas paredes calejadas de despedidas. Os anos, enfim, se faziam notar.

No modo como ela preparou docinhos para a viagem
ou como os recusei sem culpa,
no fato de ela perguntar se os pais de Abrão iriam conosco,
no meu claro que não desavergonhado e sem rodeios,
no me-liga-filho-quando-chegar,
no meu talvez-não-tenha-sinal-mãe.
Em tudo isso, os anos só queriam mesmo é se fazer notar.
E uma vez notados os anos, talvez ela tenha soluçado no quarto ao lado.

você vai me abandonar pra sempre?

Era só um fim de semana fora de casa. Não havia motivos para conclusões exageradas. Mas sabemos: o que importa não são os fatos, são os símbolos. E, de símbolos, aquela manhã estava cheia. Ao me dispensar da responsabilidade de acolhê-la em seu draminha de mãe, eu me fiz notar junto com os anos.

não posso só te levar na loja, filho? faço rapidinho.

Mãe, acontece que chegaram os anos. Acontece que, com eles, surgiu em nossa estrada um amigo motorista. Para uma mãe solteira de filho único, nativo e crescido nos estofados de um Honda Civic, a crueldade do tempo pode tomar muitas formas. Aqui, ela tem a forma de uma carona.

10h

Abrão era paciente. Fumava seu cigarro com as costas apoiadas num Celta, enquanto eu me colocava na fila do balcão de encomendas. A atendente sorria, saudando seu primeiro cliente com o bom humor de um dia que começa. Pediu para que esperasse um minuto; os pacotes com os livros tinham chegado havia pouco.

Depósito. Estoque. Triagem. É cedo.

Pensei em Maribel, por onde será que andava? Esperava minha ligação, minha crítica literária, a devoção que nos fez irmãos, amigos? Será que estava atenta às notícias, à febre do mundo todo, ao último conclave da magia? Ou o choro insistente do bebê que pariu e chama de filho destruiu nosso ritual? Ou, pior, teriam seus quase quarenta anos apagado a velha luz brincante?

cadê o livro, moça, cadê?

um pouco mais de paciência, por favor.

Abrão era sereno; eu tinha a pressa das crianças.

o livro tá em inglês, cê sabe, não?

Sim e sem mais.

Não carecia dizer que falava inglês com razoável desenvoltura. Que entendia a letra de "Blackbird", via filmes sem legendas, obtinha certificados de proficiência na língua, pedia direções na Disney, assistia a tutoriais de games num bagulho novo chamado Youtube, adoecia com bilhetes de jovens canadenses no mural da Amanda no Orkut e que conseguiria, assim, ler *Harry Potter and the Deathly Hallows* antes de noventa e nove por cento da população brasileira.

(Quem diria que nada disso era só mérito, né, pequeno Shakespeare? *Just an old* combinação *of* acaso, oba-oba e barbárie.)

E caso esteja curiosa, moça do caixa, sou também gamadinho na Emma Watson, fazer o quê? Nosso desencontro sempre foi mera questão geográfica.

Penso nela, pensava nela, naqueles sonhados passeios de verão, lembra? Ah, aqueles sonhados passeios de verão... Brasil, Brazil, Brazil com zê de zuspiros pelo seu zuingue, Emma. Tomamos sorvete Rochinha na praia. Damos PT de perfume Chanel, com um dos trinta que levam seu nome. Você rindo das minhas graças, adorando circular no shopping discutindo pop punk, magnetizada pelo senso de coletividade de uma praça de alimentação.

joca, emma,
emma, plínio.

Gastamos fortunas em interurbanos. Minha mãe continua trabalhando horrores para poder pagá-los. Choro no desembarque, flores na mão, lírios. A falta dela dói como a saudade dos mortos.

bye, honey, will you miss me?
hello, honey, did you miss me?

Vivemos em fábulas, livres de assassinatos, suicídios, transtornos obsessivos, divórcios, profecias, fluoxetinas, desigualdades, demissões, lufa-lufas, buchenwalds, expulsões, traumas, pobrezas, poderes, babás, elitismos farpados, recantos dos sabiás.

Nada existe.

Amanda, sim. Amanda existe. E tem ciúmes da gente.

aqui está o livro.

gracias.

10h05

Harry Potter and the Deathly Hallows.

Olhar para aquela capa era como encarar um espelho.

Quem não a tem na memória, refresque. Consulte. Reviva. Revisite essa peça nas estantes de suas casas, nas páginas virtuais, nas lojas mais próximas ou em algum panteão consagrado onde exponham os grandes clássicos.

Na edição fresquinha que me foi entregue — norte-americana, alaranjada e de letras rubras —, Harry nunca esteve tão em primeiro plano, tão protagonista de sua própria história. O fundo pintado em desfoque; ele contra o mundo. Ergue a mão, sustentando o próprio sobrenome. Seu legado, sua herança, suas raízes. Potter, de onde vem? Para onde vai? Nossas *Deathly Hallows*, relíquias da morte, passaríamos a vida tentando encontrá-las.

Àquela altura, apesar das milhões de interrogações pendentes, eu já não me sentia tão sozinho: em breve, todos perceberiam que Harry Potter era, sim, o maior personagem judaico da literatura contemporânea.

Com o coração de menino e a bravura dos heróis, Harry não pôde fugir à sina de ser o Escolhido; de ter na pele a marca tatuada do horror e da sobrevivência; de ter na história as chagas coletivas de um povo; e, no espírito, o dever de vida — de ser melhor, bem melhor, do que alguns que, hebreus como ele, filiaram-se à desumanidade. Harry, o judeu de ética superlativa, viveria para reequilibrar a balança e a reputação de seus antepassados.

Não somos apenas nosso pior lado!, posso ouvi-lo dizer.

Abrão, enquanto isso, dirigia seu carro, aceitando minha contemplação, meu devaneio quieto, meu silêncio diante de um livro. Remansado, fumava e revezava as baforadas com trechos cantarolados de *Quadrophenia*. Gostava de The Who em volume baixo. No banco do motorista, vento contra os últimos cabelos, Abrão era um homem feito — barba espessa, sem aparas nem jardinagem, expressão física do luto pela avó morta, como manda a nossa tradição.

mãe, será que você está bem em casa?
pai, será que você está bem no mundo?
maribel, cadê?
amanda.

Minha mente ebulia rumo ao recanto.

Recanto do Sabiá.

Município-sede das árvores e dos bichinhos nas histórias de ninar do meu pai.

Destino preferido de minha infância.

Condomínio sob um céu que meu pai adorava contemplar, em sucessivos elogios hereges à Criação. Lá, onde sempre estive, onde sangrei as têmporas aos pés da cama e dos pais. Voltar ao berço para fechar algumas páginas e abrir outras. Crescer.

tá quieto, cara?

oi, desculpa, distraído aqui, abrão.

Abrão sorri seu riso que esconde tudo.

abrão,
tudo bem se você me chamar de harry a partir de agora?

ué, claro.

Obrigado, Abrão.
Naquele dia, você me deixaria ser quem eu quisesse.

11h23

Quando criança, Abrão lia os livros, me disse na estrada. Quando adolescente, também. Parou ao entrar na idade adulta. Era 2005 e um funcionário do cemitério lhe informou que não havia quem carregasse o caixão do Vovô Antônio, marido da Vovó Ruth — seu primeiro avô a falecer.

hoje,

disse o coveiro em greve municipal,

não é um bom dia para morrer.

Quando, então, em silêncio, Abrão se viu segurando uma das quatro alças, percebeu que não tinha mais volta: com dezesseis anos, tinha acabado de cruzar a linha da juventude.

A fila seguiu: não demorou para que a vida começasse a ser uma sucessiva despedida daqueles que tanto amava.

Assistiu ao fim de Suzana, sua avó materna, velhinha de rosto calmo, descansado.

Prometeu a Davi, seu segundo avô, que viveria tudo o que ele não pôde viver na mocidade. Ganhou um beijo. Entre a bochecha de um e os lábios do outro, um respirador de plástico — imagem de tudo aquilo que insiste, mas não alcança.

Dias antes de nossa viagem, coube a ele, por fim e por vontade, reconhecer o corpo de Vovó Ruth, que, além de mãe de seu pai, era também sua melhor amiga. Antecipou-se aos outros Moronstein e, com maturidade descabida para sua idade, fez questão de ser ele a reconhecer o corpo e indicar que, sim, essa senhora feita de cera, olhos cerrados e algodão nas narinas é mesmo vovó.

Confrontado por questões que só uma morte ainda quente pode trazer, meu amigo começava, no carro, um monólogo sofrido e inesperado. Frases e visões soltas, tão desencadeadas quanto sinceras. Um quebra-cabeça banguela, cujo desenho final, apesar das lacunas, formava o rosto de um jovem tantas vezes enlutado.

Abrão não tirava os olhos da estrada. E eu, com vergonha de encará-lo, deixei os meus pousados no carpete sujo do carro. Barro. Quinquilharias de Abrão no tapetinho de um Celta.

Mais de uma década depois, quando a casa da Vovó Ruth foi vendida e tornou-se um colégio bilíngue — americanizado, tonto, caríssimo em uma cidade caríssima —, Abrão condensou aquele turbilhão de emoções primevas em um artigo para o jornal.

Minha memória de nosso papo no carro — sendo "papo" uma imprecisão, pois, calado, só ouvi — confunde-se hoje com as palavras escritas pelo Abrão do futuro. Um Celta preto rumo a Bragança: o manancial de um pensamento que só mais tarde ele pôde desenvolver.

"A geração do esquecimento", por Abrão Moronstein

A casa de minha avó vai virar uma high school. Assim, em inglês, na confiança de que a embalagem estrangeira possa envaidecer os novos students e suas families. "Uma high school", repetiu a corretora para quem entreguei as chaves daquele portão, na frente do qual tantas vezes vovó acenou enquanto meu carro se distanciava.

High schools, smart houses, pet shops, spas, coworking spaces: as casas de nossos avós estão ganhando letterings. E a nós, os millennials, forçados desde a infância a nos desacostumar com o passado e a cultuar as novidades, permanece totalmente estranho ter com o tempo uma relação que não seja vivida como angústia ou espoliação.

A passos largos, em nome do progresso — e da equivalência entre envelhecimento e desuso —, as cidades arrancam nossas âncoras de memória. Estrangeiros à própria terra, desvinculados de laços e raízes, assistimos à demolição de nossa identidade na profusão dos canteiros de obras.

As casas caem, explodem dinamitadas, e, com elas, nosso direito de pertencer. Esse chão era o meu chão. Esse chão era eu.

Varridos dos espaços físicos e carregados para a emergência de um mundo virtualizado, tão cedo tivemos que desenvolver a nossa sociabilidade digital, tão logo abandonamos o pouco analógico que ainda sobrevivia sem ajuda de aparelhos e tão evidente é quanto isso nos distingue: talvez sejamos mesmo a última geração a ter conhecido, nem que por um instante, o valor do corpo a corpo, da experiência comunitária; os respiros derradeiros de uma era offline.

O Abrão adulto das palavras escritas — aqui, copiado e colado na íntegra — ecoa o jovem Abrão, o Abrão de um alfabeto inteirinho de sentimentos soltos em um Celta.

você já viu meu orkut, harry?
tudo o que faço ali é criar um personagem feliz
mas... eu sou feliz?

Na multidão de selfies e postagens de hora em hora — com suas vogais triplicadas e exclamações a perder de vista —, o frescor da alegria jovem é a bússola do novo mundo. E a nós, os anônimos de vocação pública, não resta outra opção senão lutar a todo custo para ser mais um alegre dentre mil alteridades felizes.

Sorrisos a postos, dancinhas preparadas, disposição inesgotável, sobreviver é tirar, a cada segundo, um novo coelho da cartola.

Quando a novidade se converte em guia único de conduta, tudo o que envelhece, que enfeia, que falta e que, portanto, se humaniza, torna-se falha; torna-se trauma. Estamos em dívida, sempre. E, ao apagar das telas, a certeza se impõe: diante de tanto gozo postado, talvez eu seja mesmo o único solitário circulando em um carnaval eufórico.

Os anos seguintes atestariam o crescimento alarmante de índices de depressão em jovens, ansiedade, transtornos; epidemias de enfermidades mentais. À sua maneira, Abrão já desabafava que, na internet, nos fóruns, nos grupos e orkuts — protótipos tão ingênuos das redes que estariam por vir —, nós encenávamos o deleite sem ressalvas, interditando, para isso, a comunhão pública das experiências do vazio — justos estas que são a nossa única certeza e destino comuns.

não consigo lidar com o fim das coisas, harry.
não fui criado pra isso.

Duas opções igualmente problemáticas, é com isso que sobramos: de um lado, a memória digital criando uma infindável biblioteca pública e privada de nossas ações. De outro, a morte do passado como elemento fundamental de um tempo que se estrutura na novidade. No meio do processo, nós e nossa completa desorientação quanto ao que significa afinal o ato de lembrar, ou o que significa afinal estar aberto ao movimento do tempo. A experienciar o tempo. Enraizar. Envelhecer.

acho que foi por isso
que fiz questão de reconhecer o corpo da minha avó.

Olhar para a frieza da morte é encarar um espelho que nos devolve, refletida, a imagem de um futuro terrível, impossível de ser compartilhado, mas que, quando verbalizado ou encarado frente a frente, deixa de ser somente assombro para tornar-se processo.

no fim das contas, harry,
eu acho que aceitar a morte como vida,
encará-la de braços e olhos abertos
nas pessoas que a gente mais ama
se transformou, pra mim,
em tudo o que posso fazer.

Silêncio.

harry, você já pensou na morte?

(ah, amigo, pelo menos umas seis horinhas por dia.
mais do que isso acho meio *over*),

deveria ter dito e não disse.

Congelei. E foi assim, congelado e descortinado, sem fazer a menor ideia de quem realmente era Abrão, que cruzamos a guarita do Recanto do Sabiá.

A Morte. O Tempo. Aqueles-Que-Não-Devem-Ser-Nomeados.

11h30

A casa de veraneio dos Moronstein reluzia bela e brega como um palacete da realeza iídiche. Do portão de entrada ao alpendre envidraçado, uma trilha de pedras se esgueirava pelas brechas de uma floresta artificial de bambus.

Enquanto eu esperava o surgimento de uma família de pandas, o caminho traçado começava a ladear uma piscina semiolímpica, um canil esvaziado, uma cama elástica king size, grande o suficiente para abrigar uma creche de crianças saltitantes.

Sob a sombra de uma figueira — em cujos troncos penduravam-se balanços de madeira rústica —, o jardim dos Moronstein ganhava ares de um showroom da Artefacto. Como esqueci que ser judeu é quase sempre ser cafona?

Não demoraria dez segundos para que, dos interiores da casa, surgissem dois meninos altíssimos e gêmeos; os tais primos mais velhos de Abrão — Gael e Tuto. Vermelhos de sol, cervejas à mão. Dois garotos esguios na pós-puberdade.

Pessoas desconhecidas, olha só; terrenos não desbravados, uma casa nunca visitada em um condomínio tantas vezes frequentado — pequenos tributos ao acaso de uma nova fase convidativa ao inesperado, à ânsia de um coma alcoólico; uma vida aberta ao sim. E, na mochila, o livro. O livro-chupeta de um recém-renascido que, precavido, lança-se a um universo nebuloso sem abrir mão da segurança.

prazer, gael.

prazer, tuto.

prazer, harry.

harry? como o potter?

ele.

12h45

Nas prateleiras do quarto que me coube, porta-retratos de Abrão criança conviviam lado a lado com potinhos de mosaicos multicoloridos, lembranças típicas e baratas dos mercados mais turísticos de Jerusalém.

Uma foto de Vovó Ruth boiando no Mar Morto aconchegava minha visita e, enorme feito um pôster, deixava claro quem era a hóspede prioritária daquele cômodo nas férias felizes dos Moronstein.

Era a primeira vez que Abrão voltava àquela casa desde a morte de sua avó e isso parecia impactar tanto a ele quanto a mim. Pedindo licença a uma fantasma (cordialidade que a vida me ensinou desde a mudança para o apartamento de Isaac e Rachel), deixei minha malinha em um canto tímido da suíte. Sobre a cama, repousei o livro, na promessa de que me dedicaria integralmente a ele tão logo chegasse a noite.

Aos poucos, me sentia desembrutecer. Uma ansiedade por algum possível evento imprevisto, à minha espera nos planos do universo, aquecia e derretia todo meu interior. Hoje, dou àquele calorzinho o singelo nome de "esperança".

Pensei em Amanda. E sorri.

Pensei um pouquinho mais. E parei.

A nossa não-história de amor podia, finalmente, tirar suas merecidas férias.

13h

Gael gritava "chupa!" a cada vez que me dava um tiro. Nunca fui mesmo um grande jogador de Playstation, mas agora me divertia dividindo com aqueles garotos uns momentos de gritaria e violência.

Na virtualidade do jogo, expurgava meus instintos e dava, enfim, um pouco de vazão à vontade represada de arranhar o universo e suas convenções.

Para aquele microcosmo de quatro habitantes, meu fôlego inédito não era inédito, era normal para alguém de minha idade; eu era apenas o novo amigo de Abrão, sem biografia nem antecedentes. Um Harry cujo passado não se sabia. E como bom soldado de guerra, Gael não pedia minhas credenciais enquanto gritava chupa a cada vez que me dava um tiro.

Ele não sabia que eu não era um adolescente modelo, daqueles que escrevem Lou Reed nas paredes, que somem nas madrugadas, que fogem com amigos ou arriscam um amor qualquer. Gael não podia imaginar que nunca fui à diretoria, que não quebrei nenhuma vidraça, que não sangrei ao tentar quebrá-la e nem ri com os outros meninos dessa farra juvenil que é destruir o mundo.

Sempre o primeiro a ser buscado pela perua, o último a ser deixado, o que dizia muito sobre mim — e ainda diz. Na porta do cinema, os pequenos falavam das gostosas e eu ligava para Amanda para saber se ela tinha chegado bem. Quantas possíveis catástrofes me deixaram com febre no temor de provocá-las.

Quantas gotas de remédio não foram necessárias para que eu pudesse frequentar a sociedade.

Mas nada, nada disso Gael sabia.

Ali, eu era apenas um jogador ruim de video game. Um alvo de metralhadora e de provocações ligeiras. A cada morte que Gael me impunha, o jogo me permitia retornar com vida, liquidando imediatamente o peso do passado, das mil mortes anteriores. É imortal, diria Sandy.

Enquanto durasse a partida, haveria um lugarzinho onde o tempo não seria sentido como pressão ou sufocamento, onde recomeçar seria sempre possível. Ter várias vidas. Recomeçar. Não lidar com as consequências inevitáveis da morte. Recomeçar. Não envelhecer, não morrer. Recomeçar. Mil vezes recomeçar.

Naquele momento, era essa garantia que me colocava na frente da tela e, se eu puder arriscar, é isso que ainda coloca toda uma geração à frente daquela tela.

Estamos todos doentes. E nada me parece mais reconfortante do que isso.

14h05

O video game continuava. Os que esperavam sua vez mergulhavam no Orkut. Revezavam-se entre estar e não estar na sala em presença física. Eu, no entanto, não tendo vontades virtuais, tinha fome. E ninguém, pela primeira vez em minha lamentável biografia, tomaria uma providência para saciá-la.

Como é que se faz um macarrão?

Por onde se começa?

Minha mãe não estava lá para me salvar. Mas eu não deixaria isso me matar.

Um bicho domesticado, mimado.

Um bicho playboy solto na selva sintética de bambus.

Aquilo não podia mesmo acabar bem.

14h11

só tem panela com furinho? aí é foda.

chama escorredor, acho.

ah, boa.

usa pra escorrer mesmo.

o macarrão precisa tá tipo molhado, né?

isso, usa só depois de ferver, parece.

uhum, faz sentido total.

qualquer coisa, avisa.

14h50

Tuto me deu parabéns pelo macarrão na manteiga; relevou a sua consistência empapada para admitir que jamais teria feito melhor. Gael concordou, prometendo lavar a louça tão logo decretássemos o fim do banquete.

Em nossa pequena comunidade, tudo era gentileza, molecagem e pacto — os céus judaicos incendiados desabariam sobre nossas cabeças se os pais de Abrão vissem as rodelas de salame defumado embaraçadas no espaguete.

A cada hora, a sacralidade do lar kosher era blasfemada por nossas pequenas contravenções, em delitos de meter o foda-se nos costumes milenares e colher o que, afinal, nos interessava de nossa religião: o caloroso senso de proteção de fazer merda em conjunto.

Como eu, Tuto e Gael eram mestiços. Mas, à minha diferença, o judaísmo da dupla fora herdado do pai, o que, para a ortodoxia religiosa, é insuficiente para atestar sua procedência.

Liberais, patinhos feios de parte da família, acostumados a ouvir do velho rabinato que deveriam se converter, sabiam cagar para a interpretação rígida das leis e sentiam-se judeus desde sempre. Eles eram o que se sentiam ser. E são.

De acordo com Abrão, Gael, em seus momentos mais frágeis, às vezes via-se como uma farsa, mas, ao ver-se como uma farsa, reconhecia em si mesmo um sentimento tipicamente judaico. E então se tranquilizava.

Tuto, mais sossegado, gostava de ter um pé dentro e outro fora. Dizia colher benefícios de manter com Deus uma relação não monogâmica.

De qualquer modo, Abrão nos garantiu que o teto de sua casa funcionaria como um anteparo opaco entre nossas ações e o olhar do Criador. Sem culpas. Caberia somente a nós decidir como melhor aproveitar esse benefício.

O silêncio que se seguiu às palavras de Abrão dava forma à circulação óbvia e calada dos milhões de ideias viajando por quatro cabeças em ebulição. Tanto a dizer, tanto mundo a ser testado, tantos legados a se deixar para um futuro no qual idealizaríamos docemente a nossa juventude vazia.

Antes que qualquer um pudesse verbalizar os mais inescrupulosos planos de ação, Gael sintetizou o sentimento coletivo com um sonoro arroto.

Parecia um bom começo.

15h15

Tuto afinou seu violão sem grandes dificuldades. Eu, que preferiria encarar uma segunda circuncisão a ser obrigado a cantar em público, olhava impressionado para a desfaçatez do primo de Abrão.

Tuto era um desastre, uma lástima, um desprazer; nunca ninguém tinha apresentado versões tão apodrecidas das músicas dos Rollings Stones. Por surdez ou desprendimento, insistia em não terminar seu show, e nós, marujos de um mesmo barco, cantávamos em uníssono no desejo de que as vozes da massa se sobrepusessem à dele.

Por muito menos, em nossa escola, garotos tiveram suas cuecas rasgadas, cabeças sufocadas pelas próprias mochilas, corpos arremessados contra paredes ou afundados em latas de lixo.

Nossos métodos, no entanto, eram outros. Combatíamos o terror da música pelas beiradas invisíveis da boa vizinhança, em uma diplomacia raras vezes presenciada no decurso da civilização.

Quando duas cordas do instrumento milagrosamente estouraram, desafiando a teoria de que Deus não poderia intervir em nosso passeio, Tuto lamentou e pediu desculpas.

Nós, escoteiros da boa alegria, o apoiamos em consolo, dizendo que tudo seria melhor dali pra frente. Vivemos juntos o seu pesar, no reconforto falso a um viúvo cuja perda celebrávamos em silêncio.

venham aqui,

Abrão interrompeu.

preciso mostrar uma coisa pra vocês no quarto do harry.

16h

Quando entramos em meu quarto para que Abrão pudesse nos *mostrar alguma coisa*, não havia dúvidas de que eu estava na iminência de um pesadelo.

Insegurança primitiva.

Sabe-se lá o que eu teria trazido ou deixado de trazer e que, repousando exposto em um espaço daquele cômodo, condenaria minha existência à ruína e à destruição.

Alguma mancha em roupa suja, alguma estampa do Pernalonga em cueca rasgada, algum presentinho materno deixado à revelia no fundo da mala como souvenir de uma mãe saudosa, algum resquício de sêmen cristalizado depois de uma última noite masturbatória em São Paulo, na qual Amanda, Amanda e Amanda reapareceram em minha mente para uma justa despedida. *Schmock* em riste, marinheiros.

Descuidei?

Vi passado, presente e futuro prestes a se entrelaçarem, na certeza única do avizinhamento da humilhação pública, de cujo risco habitual eu julgava ter me livrado tão logo parti ao Recanto do Sabiá.

Mas já?

Matem-me, amigos. Vocês têm razão. Sou eu, Maguila, o ex-gordo, que não merece clemência! Condenem, por favor, minha vida tímida ao abismo sem forma de onde eu nunca deveria ter tentado sair! Eu mereço! Nunca fui sujeito autônomo, agente ativo da fodelança e da transgressão; sou, fui e sempre serei um mero objeto de escárnio, um virgem de boca e corpo, medicado à exaustão. Um doente sem nome. Harry.

Com joelhos encostados ao chão, já em voluntária subserviência, corpo aberto à punição adolescente e olhos fechados para não entrever a violência que se seguiria à descoberta d'alguma-coisa-anunciada-por-Abrão, senti uma mão pesada em meu ombro e

harry, que porra cê tá fazendo ajoelhado? chegaí.

Gael falou.

vem ver.

Levantei. No armarinho do quarto, descansando em fundo falso de gaveta, uma coleção de DVDs pornô revelava-se à luz da tarde.

Nas capas porcamente impressas, bundas, peitos, bocas, peles faziam fundo a trocadilhos. *Velosas e foderosas 3*, *Jorrada nas estrelas*, *Quem vai transar com Mary?* Eu nunca tinha visto nada daquilo.

Recebia com susto a notícia de que Abrão, tão gentil, pudesse ter comprado e montado aquela filmoteca. Erro de avaliação. Ingenuidade. Abrão era, apesar de adulto, um garoto. Um jovem. Um homem. E é isso que homens fazem. Ou devem fazer. Dizem.

Minha experiência com vaginas e cinema era completamente outra. A maior transgressão que eu cometera até então, nesse campo — e talvez em todos os outros —, tinha sido assistir a um filme de Almodóvar, aos catorze anos, no qual um personagem entrava numa genitália gigante em busca de algum lugar que até hoje a mim permanece desconhecido, porque minha mãe sentou-se ao meu lado e começou a me ensinar a grafia correta da palavra clitóris.

E enquanto a cena desse quase coito interrompido com Almodóvar voltava à minha mente, Gael — ou talvez Tuto, porque o cérebro agora recalca — qualificava cada um dos DVDs com predicados que, à minha percepção, nada tinham de qualitativos.

a mina até chora
a mina até grita
a mina até...

Enquanto eu fugia ao convite para expressar qualquer comentário — e Tuto abria seu Orkut para mostrar uma sósia de uma das atrizes —, relembrei, subitamente, da conexão entre aquele cômodo e a Vovó Ruth, que, sorrindo do Mar Morto, parecia achar graça na situação.

e se sua avó descobrisse os filmes, abrão?,

perguntei.

Abrão gargalhou e, no ponto alto do tour, confessou que fora justamente ela que havia lhe presenteado com aqueles discos em seu bar mitzvah.

Gael e Tuto não se contiveram, gritaram exultantes pelo vínculo inesperado entre a doçura senil da vovó e a mais flagrante putaria.

Eu, de minha parte, pensei na tenra cumplicidade da relação entre avós e netos, algo que eu nunca tinha tido nem sequer teria. Fazia tempos que não pensava em Isaac e Rachel, aqueles que, talvez de mãos dadas, pularam de um prédio sem jamais me presentearem com pornôs.

Em um átimo de segundo, feito uma espécie de madeleine sabor libertinagem, aquela coleção de filmes reativava o passado. Minha infância no Recanto do Sabiá voltava como um soco abrupto e dolorido no estômago, ao som do riso lascivo dos meninos.

Em algum lugar daquele condomínio, pensei, certamente à distância de uma caminhada, estava a casa onde passei boa parte dos meus primeiros anos, onde cicatrizei minha pele num pulo, sangrei e chorei.

Pedi licença.

Eles concederam.

E, sem entender aquela abrupta mudança de humores, deixei meu instinto me conduzir ao terreno de minha infância.

16h30

É estranho voltar ao passado quando se está no presente, mas assim tem sido minha vida desde sempre. Encontrei a rota para o velho imóvel com a facilidade de um cão habituado a farejar o tempo.

A casa ainda era a mesma, à exceção de um ou outro reparo na fachada. Que meu pai a tinha vendido, eu já sabia. Há anos. Não soube por ele, claro, pois papis estava mais ocupado com fingir que não existíamos, procriando em um canto inexplorado do planeta.

As luzes estavam apagadas, nenhum carro estacionado. Ninguém. Na falta de muro, entrei pelo jardim e, através das janelas, o interior remobiliado por outros gostos destroçou meu equilíbrio.

A mesa central, de cimento chumbado no piso, ainda era a mesma, depois de tantos e tantos anos. Ao seu redor, imaginei meus pais e nossos convidados naqueles longínquos almoços analógicos, quando éramos incentivados a escutar, falar, a compor narrativas só com as fantasias da criatividade, completando as lacunas de uma época que não vomitava tanto a sua autossuficiência.

Conheci aquela época, me lembro, mas apenas o suficiente para que, encarando a velha casa, o passado se construísse não tanto como fonte para pensar o presente, mas sim como romantização de uma época perdida, uma saudade difusa assombrando cada passo.

Se tivesse a chance, num impulso queimaria tudo. Ao chão, lançaria as paredes; com pedras, serraria os quartos. Calaria o coração do último vizinho, rasgaria quadros e retratos. Essa casa não é mais minha, nem os cômodos, nem a brisa, nem a poeira que acumula nas frestas sob os vasos, sob a pia. Agarrado no lustre, no vaivém de um pêndulo, louvaria o fim do mundo, do imóvel, do tempo.

Os banhos de mangueira, as noites de *O rei do gado*, colorir livros de colorir, catar pinha para lançar na fogueira, ver lagarto gigante e gritar socorro, minha mãe me ensinando a desenhar um cubo, meu pai queimando batata na grelha, a parede que sustenta meu jogo de dardos, cadê?

Sob qual verniz se esconde nosso sítio arqueológico? O acervo permanente do museu da minha vida desfigurado em palacete neoclássico. Quem meteu aqueles bustos e colunas gregas na minha sala? Por que ninguém tombou essa casa?

E as palavras de Abrão no carro ainda ecoavam.

não consigo lidar com o fim das coisas, harry.
não fui criado pra isso.

Mais tarde, nos chamariam de millennials, relembraria Abrão. Em inglês, é bonito. Em português, didático: a geração y — jogada quase no fim do alfabeto, no fim do milênio, num tempo que nunca se materializa e pelo qual se anseia; a cenoura da cabeça do burro.

Abrão, Gael, Tuto, Joca, Plínio, Amanda, eu.

Nós, aqueles que nasceram para ser a materialização do quase.

Nós, desaprendidos a lembrar, morreremos agarrados a telas de celulares e video games.

Morreremos, ao fim e ao cabo, obcecados e ansiosos, pensando se as outras infinitas escolhas possíveis da vida teriam sido melhores do que aquelas que pudemos fazer.

Nós, os bugs do millennial.

17h

No caminho de volta, as minhas mãos formigavam, o punho enrijecia, olhos exigiam piscar em revezamento nos clássicos sintomas de um TOC desadormecendo. Eu era escolado em transtornos e obsessões, nas suas manifestações mais óbvias, nas crises que vêm e vão apesar dos remédios.

De meses em meses, anos em anos, eu me sentia o mesmo menino vulnerável às ações obsessivas do meu corpo. Crises que não pedem passagem, que não anunciam chegada. A casa. Respira. Relembra. Lembra.

relembra. lembra. relembra. lembra.

Eu repetia as duas palavras em voz alta pelos labirintos do condomínio, no temor do castigo que sua interrupção poderia acarretar no destino de todos nós. A cabeça e seus trava-línguas cansavam, dilaceravam, propondo um desafio mecânico proporcional ao medo das catástrofes que meu silêncio provocaria.

Atravessei os bambus da casa de Abrão. Gael pulava na cama elástica, indiferente à minha chegada. Tuto divertia-se no computador, conversando no MSN, indiferente à minha chegada. Abrão cochilava no sofá.

Subi as escadas, a cicatriz na têmpora doía como sempre doía nos colapsos, latejando tudo o que fui e ainda sou.

lembra. relembra. lembra. relembra.

Na cama, chorei sem chorar, seco, puro gesto e intenção, enquanto coçava com violência meus braços, apenas para gerar um novo foco de dor e me distrair. Tranquei a porta. Sobre a cama, os pornôs. Sobre eles, Harry.

Abracei o livro. Relembra. Lembra. Maribel. Maribel. Maribel. Na ponta da língua, pinguei nove gotas de fluoxetina. Era a segunda dose do dia, a primeira contraindicada. Eu sabia que não ia resolver meu problema. Liguei o chuveiro. O barulho da água e do aquecedor a gás talvez atropelasse o som do lembra-relembra. Lembra-relembra.

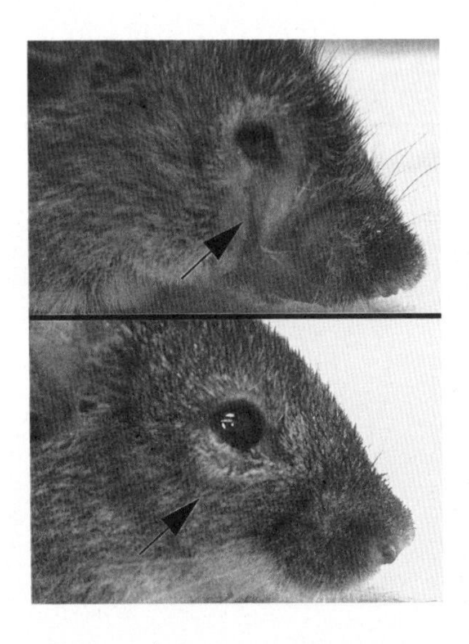

Talvez eu não conseguisse esperar o anoitecer para me dedicar à leitura. Talvez eu não conseguisse esperar o anoitecer para me dedicar à leitura. Talvez eu não conseguisse esperar o anoitecer para me dedicar à leitura. Talvez eu adoeça, talvez minha mãe morra.

mãe... mãe...

O que essa crise indicaria sobre a saúde da minha mãe em São Paulo? O que teria acontecido? Que tipo de profecia era aquela? Que sinal estaria por trás disso?

Minha mãe desmaiava em frente ao fogão ligado. Eu podia enxergar a cena. O gás infesta a cozinha. Ninguém desliga o gás. A morte por gás, de novo, de novo, de novo, de novo.

Meu celular toca. Toca. Toca.

Quem me liga na iminência da minha morte?

Corro, veloz, furioso, arremesso os DVDs em busca do aparelho que toca. Toca. Toca. Talvez sejam os bombeiros. No visor, o nome Mãe. A notícia está ao alcance do botão verde. Encontraram o cadáver. Certamente, os bombeiros encontraram o cadáver e sou eu, sempre eu, o primeiro nome da lista de chamadas. Atendo a ligação.

alô, senhor bombeiro?

filho?

...

mãe? é você?
tá tudo bem?

que voz é essa?
você tá chorando, lindinho?

Tudo, então, se anestesia.

Meus músculos relaxam.

Missão cumprida. Minha mãe estava viva. Vivamente viva.

Desligo, sem forças.

Mais uma vez, a harmonia do mundo se restabeleceu pela minha dor. Entregue, mártir silencioso e acostumado; o herói sem cartaz.

O fardo. A fama. E a alcunha.

Sento no box e sorrio cansado, enquanto o calor da água, desde sempre, amansava meu corpo.

18h15

[carta em papel-toalha que escrevi e guardei // 23 jul. 2007]

estimada maribel, hermana querida,

yo estoy con saudades brutas. compré finalmente lo último volume di harry potter. me pregunto se usted lo tienes también. ahora estoy de férias con mis amiguitos, tres tipos gente buenas que me hacen muy bien, apesar de las molecajens e otras coisitas más. tuve una crise severa hace pocos minutos, endoideci un poquito, perdi él bom humor. entonces escribo esta carta para acalmarme e para, assim que ~~vuelvo~~ ~~vuolvere~~ retornar a são paulo, poderla enviar a ustedes. creo que una fase ahora se encierra. no puedo dejar de rememorar nuestra fraternidad e lo dia que me dio lo primeiro libro. quando me apossé deste ultimo, pensé que gostaria de lê-lo rapidíssimo. ledo engano. terminá-lo será como terminar la minha juventud. e no tengo fuerças para isto. voy demorar. mi corazón és una tienda infinita de dívidas con la mia propria historia, entendes? para encerrar, gostaria de saber se usteded vai bien. como está lo ninõ? lo saludo. hace tiempo que non hablo con papa tambien. e usted? sigo con la sensacion que lo tempo vuela.

un beso grandíssimo di tu hermano saudoso,
harry.

19h

A televisão alternava a programação entre as façanhas dos Jogos Panamericanos de Guadalajara e o horror da explosão do avião. Falava-se das vítimas, dos erros de protocolo, das falhas humanas, do caos, do fogo. Para Gael, aquilo era demais. Por duas vezes, pediu que Abrão desligasse a tevê.

os aviões não caem, os aviões são derrubados,

dizia o especialista.

Nenhuma palavra, no entanto, a respeito de uma idosa infartada com o susto do choque, na calmaria de sua casa, na companhia da novela, no enfado de mais uma noite que passava como as outras. Gael pedia que Abrão desligasse. Abrão se negava. Queria fixar o horror que se apresentava aos seus olhos.

Tuto sugeria apenas que mudassem de canal. Thiago Pereira, o nadador, falhou pela primeira vez depois de seis ouros — quem sabe não podiam ver um pouco daquilo?

foda-se o thiago pereira.

Abrão queria mesmo era mergulhar no despenhadeiro do luto. Encarar a finitude de frente, criar escudo, casca, respirar o hálito dos mortos para viabilizar a cura, elaboração. Gael, não.

Toda a vida, segundo Abrão, o primo tinha se abastecido da fuga, das últimas tendências, do prazer das bebedeiras, da *love generation*, do acererê. E eu o entendo.

desliga essa porra.

cala sua boca, gael.

É fascinante como as leis da selva podem se instaurar em segundos.

Dois adolescentes sedentos por descontar um no outro o fervor da testosterona, o desamparo frente às questões primárias da existência. Dois adolescentes em pancadaria desajeitada, enroscada, rudimentar.

Tuto, magrelo, se punha de obstáculo e me cobrava, aos gritos, que fizesse o mesmo. Mas a brutalidade tem mesmo seu fascínio. E meu impulso, tal como defendia Abrão, foi permitir a barbárie sem intromissão.

Os dois se atracaram no piso, derrubaram a mesinha, os copos sobre ela e, enquanto raspavam as costas no tapete, vociferavam frases incompletas. Levou menos de um minuto, contudo, para que parassem de repente, cansados de luta e raiva, repousando amarrados e ofegantes no corpo um do outro.

Gael relaxou a cabeça no peito do primo.

Quando Abrão passou a mão sobre seus cabelos, ficou claro, para todos nós, que a violência tinha sido só o jeito que encontraram para se abraçarem um pouquinho.

Aproveitando aquela trégua neandertal, Tuto desceu ao chão e se juntou à dupla, num quadro familiar de ternura do qual, certamente, se lembrarão para sempre.

E, se esquecerem, bom, que este livro sirva ao menos para relembrá-los.

19h30

Quando eu era pequeno, meu pai dizia que o céu que se vê do Recanto do Sabiá é a prova irrefutável da existência de Deus.

Com todos seus erros e desvios, com seu ateísmo não praticante, meu pai jamais ousaria negar as conquistas da ciência. Sabia, imaginava ou tinha ouvido falar que as estrelas nascem de gigantescas nuvens de gás, compostas de hidrogênio e hélio, em cujo núcleo a energia se forma por fusão nuclear. Ou algo assim. Não importa.

Mas o entendimento matemático, químico ou astronômico não esgotava o seu misto de temor e maravilhamento com o universo, um mistério que ultrapassa qualquer explicação causal. Um atestado supremo que sujeito nenhum pode explicar.

Pelo contrário, dizia ele, física e metafísica operam lado a lado, apenas por critérios distintos, na exaltação a uma força maior que, vibrante no gigantismo dos planetas e na pequenez de um grão de areia, inviabilizam a negação de Sua presença.

Na noite de 23 de julho de 2007, meu pai não estava, mas Deus se fazia presente no firmamento, enquanto eu, no gramado, experimentava maconha pela primeira vez.

Na chapação dos meus miolos em decomposição, revisitava cenas de infância, devaneava com formas luminosas e abstratas, afrouxava o riso e percebia que as gavetas do meu pensamento guardavam tanto a tristeza quanto a felicidade. Tanto a obsessão quanto a calmaria. Guardavam todos os sentimentos em forma de potência e os mobilizavam a seu bel-prazer.

A leveza estava à disposição, mesmo que escondida, inativa, soterrada pelas neuroses. Como acioná-la? Como me apossar da potência positiva e transformá-la em ação lúcida? Eram essas as incógnitas que me perseguiriam constantemente a partir dali, em futuras experiências sóbrias ou lisérgicas.

Que lindeza. Os enigmas se embrenhando em minha mente drogada, fazendo um levante indomável neste cérebro subtilizado, que, até então, servia apenas para guardar decepções e a fórmula de Bhaskara.

caralho, olha a carinha de chapado do harry.

Rimos da colocação de Tuto durante toda a eternidade, até que a fome finalmente bateu e eu, cozinheiro do quarteto, seria novamente encarregado de esquentar os restos do almoço.

depois que a gente tiver de barriga cheia,

disse Gael,

a gente começa a sessão pornô.

20h10

posso gozar na sua cara?
ela disse goza.
e gozei.

O papo de Tuto me deixava desconfortável.

Dizia ter transado pela primeira vez aos treze anos no puteiro mais caro de São Paulo. Contava suas aventuras sexuais sem tabus, em um tom cheio de ostentação machinha que, a mim, chegava como desafio, pressão e provocava terror total.

Era questão de tempo para que eu fosse convidado a dividir com a mesa uma história qualquer de fodelança épica, na qual meu pênis e sua pequenez sublime desempenhariam algum milagre digno de arrancar aplausos.

Minha missão era simples: inventar alguma fábula erótica, enquanto Gael tornava público seu tesão por conversas sujas.

todo mundo,

ele gritava com um pedaço de salame na boca,

quer ouvir e falar nojeira,
todo mundo quer enfiar a pica na buceta,
ou chupar buceta e ter a pica chupada,
ou gozar na cara e gritar pica e buceta
na hora quente da cama.

Para mim, a hora quente da cama era o aconchego de um cobertor gordinho no inverno, quando o friozinho fica retido na superfície e vem aquele arrepiozinho gostoso que embala um sono de qualidade. E aí, no ápice do prazer, soltar um suspirinho de caramba, como é delicinha dormir no inverno.

a mina falou

gael,
fala que você vai pôr um filho na minha barriga;

mina,
eu vou por um filho na sua barriga pra caralho

Era atordoante. Meu processo criativo para conceber uma narrativa *express* era constantemente interrompido pelo tique-taque do relógio e pelas ladainhas dos primos.

Eu não queria engravidar ninguém, e nem conversar com ninguém transando. Inclusive, eu prefiro nem transar. Nunca. Não me coloquem nessa situação. Não terei como expressar meu desejo de vínculo afetivo falando de gravidez, filho, barriga. Não estava em recanto de sabiá para isso, não tinha aceitado o convite para ficar relembrando minha posição de coitado.

Logo mais, numa cerimônia tribal, imaginei nós quatro na frente da televisão, abaixando as calças e nos masturbando em simetria, numa punheta coletiva em formato concurso de quem goza mais rápido.

Bolando um tabaco, Abrão se abstinha da histeria, na elegância quieta e costumeira. Devia estar habituado aos primos, afeiçoado às suas idiossincrasias, num amor-apesar-de.

Quando percebi que minha vez se aproximava, coloquei um esforço virilizado na frase "preciso mijar", reprimindo o meu natural "dá licença, vou fazer xixi". No banheirinho da cozinha, me tranquei sob o alívio temporário de alguém que sabe ter apenas dois minutos para permanecer encarcerado. Mais do que isso, meu mijo seria acusado de encobrir o reloginho do cocô e, por medo ou por fezes, eu viraria o cagão da turma. Crescer.

Então, veio o silêncio. Imaginei Gael e Tuto já vidrados na tela da sala, desafiando a pureza da residência Moronstein, na euforia salivante das hienas. Vazio de ideias ou referências sexuais, encarei meu rosto casto no espelho, preparado para a sina dos sacos de pancada.

Saí do banheiro. Vi, sobre a mesa, as sobras das sobras do almoço. Ao redor dela, ninguém. Ninguém tampouco em frente à televisão. Do segundo andar, sons de chuveiro. E, no jardim, de pé na cama elástica, mirando a lua, Abrão falava ao celular. De longe, não conseguia ouvir a conversa. Esperei que terminasse, mantendo a distância da privacidade.

cadê os moleques, abrão?

no banho.

assim, do nada?

tão se preparando.

se preparando praoquê?

Abrão, então, sorriu para mim.

Afável, retribuí, inocente de que aquele sorriso era só o começo da mais pungente revolução.

21h

Era apenas às custas de muito jeitinho brasileiro que os jovens Moronstein tinham o despudor de chamar Josimar, o segurança, de "guardinha amigo nosso".

De sua vida ou sua história, nenhum de nós sabia. Não apenas não sabia, como nem sequer havia perguntado. Nem Abrão, nem eu, nem Tuto, nem Gael, nem ninguém dos nossos. O que talvez dissesse algo sobre ele ou sobre nós.

Da árvore genealógica de Josimar, interessava apenas Lidiane, sua afilhada, a quem os moleques não replicavam a simpatia da amizade. Lidiane era mesmo a puta, a dita puta do condomínio, agenciada por seu padrinho e objeto maior do desejo fácil dos mocinhos abastados.

Segundo os levantamentos da época, cinquenta e três garotos perderam a virgindade com Lidiane. Quinze, abre aspas, tiveram seus pênis engolidos por Lidiane. Quatro, durante anos, só conseguiam se masturbar pensando nela. Nenhum deles, no entanto, arriscou um beijo, porque, afinal, não se beijam Lidianes. Sobrava, ainda assim, um ou outro retardatário. Retardatários que, sabe-se lá como, nunca tinham tido nenhum tipo de contato físico com mulheres.

Desses seres em via de extinção, um estava naquela casa prestes a chorar.

De que maneira o papo hipotético sobre sexo tinha enveredado para um chamado à aventura, eu jamais descobriria. Começava, então, a bater uma saudade profunda da época distante em que tudo o que eu precisava fazer era inventar uma anedota sexual e me colocar como protagonista.

A emancipação planejada para aqueles dias se transformava, vertiginosamente, na pior das aflições. Que o indício do crescimento fosse a dor que faz crescer, eu descobrira havia muito tempo. Mas, desnudado de qualquer possibilidade de defesa — e em breve, de qualquer peça de roupa —, aceitaria sem hesitar uma carona de volta a São Paulo. Pedi a Deus que não permitisse que Lidiane nos fizesse uma visita.

Enquanto Abrão seguia ao telefone, no que parecia a mais séria das negociações, Tuto e Gael voltavam de banho tomado e desodorante barato, recapitulando todas as lendas que envolviam Lidiane e o Recanto do Sabiá.

Riam dos episódios antigos na ansiedade daquele que se aproximava, lançavam nomes de amigos, colegas e conhecidos que tiveram as mais diversas reações diante da presença marcante de Lidiane.

Tratavam a visita como um joguinho de tesão lúdico, na fronteira precisa entre uma gincana de berçário e o dever da masculinidade almejada. Homens, brincalhões no cio. Habituados a comprar lojas inteiras sem precisar perguntar o preço, os molecotes se comportavam como quem espera uma encomenda, um objeto de prazer sem nome.

Gael era versado em sexo. Tuto era versado em sexo. Abrão parecia versado em sexo, mas falava pouco, se gabava pouco, pois, dos três Moronstein, era o discreto. No ponto oposto, lá estava eu, sem saber exatamente o que teria acontecido entre minhas noites de brinquedos na banheira e a emergência do sexo no campo.

Estava claro que, único virgem daquele condomínio ou do planeta inteiro, os holofotes estariam sobre mim — minhas reações, a graça do meu desconforto, das minhas delícias, do inesperado de qualquer reflexo.

Perguntado por Gael e Tuto, admiti que não, nunca tinha transado com ninguém — confirmação recebida com clamores de agora-tudo-vai-ser-mais-divertido.

A demora de Abrão no celular, no entanto, começou a despertar certa curiosidade nos primos e, em mim, uma centelha de fé.

Se o problema fosse dinheiro, Tuto se dizia disposto a cobrir. Se o problema fosse agenda, Gael toparia esperar. Mas a questão era logística: Lidiane era mãe e, convocada sem antecedência, não tinha com quem deixar seu garotinho de seis anos.

O pesadelo sexual, histórico, social, ganhava um outro capítulo.

22h

Na cabeça de Gael, as duas informações eram inconciliáveis: como se podia trabalhar com *aquilo* e ainda ser mãe? Tuto, confuso também, questionava como se podia trabalhar com *aquilo* e ser mãe de uma só criança.

Todos os passeios e epopeias carnais que os Moronstein tinham vivido com prostitutas faziam das protagonistas meros acessórios de um enredo, pontos de virada ou partes de uma trama cuja importância e dignidade nivelavam às do álcool, da grana, do gozo.

Não passávamos de um quarteto de riquinhos e, como tais, cada um à sua maneira, transpirávamos uma profunda ignorância ou descaso em relação às múltiplas realidades de um mesmo país.

Habitantes de mundos análogos aos das fantasias de ninar contadas por meu pai, vivíamos em uma bolha. Uma redoma onde a violência era rara e o ódio só existiria quando éramos nós a proferi-lo.

Opressão, coação e intimidação não passavam de conceitos abstratos, esporádicos, com os quais era difícil se relacionar porque à distância. Surgiam de quando em quando nos telejornais, nas aulas de história, nos relatos que os empregados traziam das periferias ou num homicídio pontual de um primo, mas isso já foi superado. Claramente superado. Raios não caem duas vezes no mesmo lugar, caem?

Em silêncio conivente, mais preocupado em me afastar das angústias do desejo, e com a cabeça ainda fodida de maconha, preferia não opinar sobre as soluções possíveis para aquele quebra-cabeça. Deus, quem sabe, resolveria por nós.

Deitei na grama. O céu seguia vaidoso, ostentando a imponência de uma noite limpa de nuvens, mas carregada de incompreensões. A cada instante, o debate dos primos perdia mais de sua nitidez, se fazendo apenas trilha de fundo para viagens do meu pensamento — como quando, perto do sono, as crianças se aconchegam em algum colo, ouvindo o indistinto farfalhar dos adultos.

Sem saber direito como funciona a vida, o dinheiro, a morte e a duração das estrelas, mas tendo um dia ouvido que suas luzes demoram milhões de anos para atravessar o espaço e chegar até nós, me defrontei com a ideia de estar, enfim, encarando o passado.

Eu criança e eu quase grande mirando o mesmo céu, os mesmos medos, os mesmos dramas, as mesmas falhas, em pontos diferentes do tempo, ao mesmo tempo.

Prestes a me fundir com o universo, a um microssegundo de atingir a iluminação total, Tuto pulou maluco no meu estômago.

Tinham chegado a uma solução.

22h45

Aquela plateia sabia que o meu profundo nervosismo garantiria longas horas, dias, anos, séculos de zombaria e humilhação. Tuto e Gael mal podiam esperar para testemunhar qual seria a rota que meu desconforto tomaria quando confrontado com a figura física de Lidiane.

Ejaculariam só de ver meu semblante acovardado pela presença de uma mulher tentando me tentar. Seria um marco, um primor, uma pintura, decerto, mas precisavam usar a cabeça. Lidiane tinha suas exigências naquela madrugada; renúncias se faziam necessárias. E como o impulso do sexo é sempre mais forte que o da troça, os hormônios não demoraram a encaminhar uma estratégia.

Abrão, quando a propôs, sabia que a ideia não agradaria a todos, mas que, no meio termo entre as vontades e desvontades envolvidas, aparecia como conciliação possível.

Lidiane viria. Permaneceria na casa por não mais que uma hora. Dividiria seu tempo entre, no máximo, três clientes, na quebra justa de vinte minutos por cabeça. Chegaria no carro de Josimar, o guardinha nosso amigo, seu padrinho, que, ocupado com as funções da portaria, se licenciaria dos deveres por quinze minutos e a traria até nós. Após o tempo acordado, retornaria para buscá-la.

e o filho?

O filho viria junto.

E, enquanto sua mãe fizesse o dinheiro da semana, caberia a mim entretê-lo.

23h15

Durante anos, guardei essa história. Se até hoje não tenho as ferramentas para lidar com seus mais variados significados, naquela época, pior ainda; tudo era susto, incômodo e culpa. Escavar aqueles acontecimentos seria também escavar todos os eventos que vieram antes. Seria falar de minha infância, dos meus pais, dos pais dos meus pais, da chegada dos mortos, seus tiros, seus pulos, enterros. *Sobreviventes.*

Se existe um antes e um depois de 23 de julho de 2007 é porque Josimar parecia displicente ao entregar sua afilhada à frieza de um cotidiano revoltante. A apatia do hábito, do cansaço, a pressa de voltar à portaria, nascido acostumado e fadado a fazer aquele percurso infinitamente, antes mesmo de existir percurso, antes mesmo de existir infinito.

Se existe um antes e um depois de 23 de julho de 2007 é porque as coisas que perdemos sempre acabam voltando, mesmo que nem sempre da maneira que esperamos. É porque, por mais que a consciência me cobre para não definir as pessoas por suas chagas, a minha criação, minha história e minhas dívidas empenham-se no contrapeso.

Se existe um antes e um depois é porque as tatuagens sobrevivem, é porque as marcas já rasgaram fundo a pele, desabafando ao universo que, por mais que nos esforcemos pela mudança e recomeços, algo em nós sobrevive ao tempo. Cicatrizes.

Lidiane, quando saiu do carro, não era Lidiane.

Joana quase não tinha envelhecido nos últimos quinze anos. Seguia com suas fadas espalhadas pelo corpo, com a postura firme, o olhar exausto. As feições, as curvas do rosto, os movimentos todos ainda eram os mesmos do dia em que, expulsa da minha casa, se despediu garantindo que eu cresceria para ser um homem justo. Sou?

Os anos, além do viço — aquele algo indefinível de que talvez só a palavra *alma* possa dar conta, ainda que de forma inexata —, tinham também lhe roubado o nome.

Lidiane cabia em seu jeito, casava com seu sorriso; ninguém jamais estranharia ou questionaria sua autenticidade.

Do banco de trás do carro saiu, por último, um garotinho tímido, baixo demais para os seus seis anos, agarrando-se imediatamente à saia da mãe na vergonha dos estranhos. Ao filho, a mãe nos apresentou como seus amigos mais novos.

Gentis quando convinha, Gael e Tuto sabiam ser bons moços. Brincaram com o menino, falando de futebol, enquanto Abrão selava com Josimar o contrato de cavalheiros. Um por um, nos apresentamos.

harry.

lidiane, prazer.

O peso depositado em meus ombros impedia que eu erguesse a cabeça. Um olho no olho confirmaria meu profundo desconsolo, que, agora enquanto escrevo, imagino já completamente às vistas, patente. Estava feliz em vê-la viva; envergonhado, porém, de não estar morto.

Pegue uma foto minha de infância e não me reconhecerá. Tipo pouco marcante, acostumado a ser apresentado diversas vezes às mesmas pessoas. Cabelo liso, ondulado, cacheado, seco, oleoso, raspado, tosco.

Pegue qualquer foto e não me reconhecerá. Sou muitos. Ou nenhum. Invisível, desde sempre, sem capa mágica nenhuma que me faça assim. A cicatriz que estampava minha têmpora chega hoje perto da bochecha. A pele cresce, estica, remodela o que, no fundo, já cristalizou.

Curvado, desci à altura do garoto. Garanti que, pela próxima hora, seríamos grandes amigos. Eu até tinha um livro para lhe mostrar. Possivelmente, o melhor de todos os livros. Ele sorriu, aberto, roubando os óculos de meu rosto para colocá-los no seu. Estávamos entendidos. E quando perguntei como se chamava, a resposta fez calar imediatamente todo o barulho do mundo.

Engoli seco, revirado, dilacerado, esfrangalhado por dentro.

O filho de Joana levava o meu nome.

23h20

Até os cinco, eu dormia sozinho, verdade. Mas só conseguia dormir sozinho se a babá Joana sentasse na cadeira do meu quarto. Percebê-la por perto, em silêncio protetor, era um escudo contra o mundo. Contra o grito dos gatos, o ranger das portas, o salto da vizinha de cima, o gemido do vizinho de baixo, o ronco dos monstros, Joana.

O menino baixinho mirava o meu livro. Perguntou o que estava escrito na capa, em que língua e por quê. Reconhecia a ilustração. Tinha visto alguns filmes da saga, amava mais o segundo e, fofoqueiro, desandou a me contar todos os segredos de Hogwarts. Ultrapassava os fatos das obras para inventar suas próprias versões, fanfics espontâneas, sem compromisso nem devoção às verdades da magia.

De segunda a sábado, Joana dormia em um quartinho anexo ao corredor de nossa cozinha. Algumas tardes, eu dormi ali também. Joana era da família, diziam as vozes da minha infância. Joana é como se fosse da família, corrigiam as mesmas vozes da minha infância. Joana será demitida da família quando nos convier, escancaram as vozes da minha infância. O que anos construíram como fachada, uma noite destruiu como certeza.

O menino, de início encabulado, começava a tagarelar atrevido e à vontade, enquanto eu, alarmado por cada som externo à salinha em que nos confinamos, chegava ao ponto de quase esgotamento.

A casa era grande o suficiente para que todos tivéssemos certa privacidade, mas o terror de uma escuta indesejada era premente. Se algum gemido de Joana atravessasse aquela porta, duas infâncias seriam destroçadas em um só golpe. O papo não podia acabar.

Joana, durante o dia, falava de fadas. Era esse o lance dela. Tinha inúmeras estampadas nas camisetas, algumas em forma de brinco e outras tantas tatuadas no corpo. Brincava que sua pele era a paisagem mais bem acabada de campos fantásticos, densamente povoados. Juntando as fábulas noturnas de meu pai com as diurnas de Joana, minhas horas eram vividas quase em sonho. Em uma das últimas tardes de Joana naquele apartamento, as fadas não apareceram nas fábulas. Joana estava triste, vazia. E quando eu perguntei o porquê, ela se calou.

Do jardim, quando recepcionamos mãe e filho, à salinha onde nos separamos, um silêncio constrangido assolou o palácio dos Moronstein. Gael e Tuto, tão faladores das conquistas do sexo, se reduziram a crianças retraídas no momento da chegada da mulher. Abrão, no entanto, permanecia impenetrável na cautela sem alarde, nas esfinges dos sentimentos.

Não tínhamos combinado nada para além de que eles transariam e eu seria babá, cuidador. Nenhuma indicação de espaço, de regras, métodos; quando nos demos conta de que nada havia sido acordado, já era tarde. Teríamos, cada um de nós, que encontrar caminhos para que os cenários não se cruzassem.

Se o menino sabia do ofício da mãe, nenhum de nós podia dizer. Ou talvez só Abrão, que fizera toda a negociação. Nada tinha chegado a mim. Estava no escuro, como sempre estivera, dando meus jeitos em um buraco sem lanterna.

deathly hallows, em português, são as relíquias da morte,

expliquei ao menino — dezenas de decibéis acima do meu normal, precavido contra os barulhos que, subitamente, poderiam arrombar portas e janelas.

relíquia,

completei,

é um objeto de muito, muito valor,
geralmente ligado a santos ou figuras religiosas.

...

como jesus, tio?

como jesus. mas não só.

e objetos como esse livro?

como esse livro. sim, como esse livro.

A morte, por sua vez, não precisava de explicações.

Morrer, ele me disse, era virar estrela. Estrelas como as do teto lá de casa, ou como aquelas lá de fora, completou. Histórias em estrelas, sobre estrelas, com estrelas, também não lhe faltavam — sua mãe havia ensinado milhares.

quer ouvir, tio?

uhum. me conta?

A aflição monstruosa de ter revisto Joana, no sobressalto de conjunções grandes demais para minha digestão, aos poucos ia se suavizando na presença de seu filho, suas galáxias, cometas e bichanos interestelares.

Na candura do menino intrigado, herdeiro das fábulas e fadas, o mundo tornava-se novamente convidativo a realidades que, como esta, nunca poderiam ter sido antes imaginadas.

O volume da ira, dos urros e do desespero. E o rosto despejado de Joana percebendo que não poderia esperar o amanhecer para fazer suas malas e partir. Não, eu não podia ver Joana chorando.

Quanto mais minha mente se afincava a encaixar o filho nos coitadismos do dia a dia — tamanho era o absurdo daquela convivência e ínfima minha compreensão de suas brasileiríssimas raízes —, mais o garotinho rejeitava os rótulos com a obstinação de suas narrativas, relatadas à queima-roupa sem nenhuma hesitação. E assim seguiu. Até gastar.

[...]

ué, parou? cansou?

cansei, tio. você fica me olhando com cara de bobo.

desculpa. tava só imaginando.

imaginando o quê?

tudo isso que você tá falando,
é muita coisa.

hm, tá.

[...]

mas cansei mesmo. agora lê o livro, tio.

hm?

o potter, ali.

Enredado nas histórias, eu até tinha esquecido do melhor de todos os livros. Com seu sinal verde, obedeci. Antes de começar, abismei de novo com a vida e suas contingências, tentando visualizar aquela situação com o distanciamento de um observador externo.

para de me olhar com cara de bobo de novo.
você é bobo mesmo, tio?

Não há um dia em que se acorde sabendo de seu fim. Se acaso ou destino, não importa: a noite me ensinava a insignificância das previsões face ao colosso da porra toda.

Abri o livro. Em silêncio, passei os olhos pelo primeiro parágrafo.

Chapter 1. The Dark Lord Ascending. The two men appeared out of nowhere, a few yards apart in the narrow, moonlit lane. For a second they stood quite still, wands directed at each other's chests; then, recognizing each other, they stowed their wands beneath their cloaks and started walking briskly in the same direction.

"News?" asked the taller of the two.

e aí, novidade, tio?
vai ler ou não, vai?

"News?" asked the smaller of the two. Enquanto eu ainda me organizava mentalmente para traduzir as palavras para o português, o garoto parecia acessar as linhas do livro por antecipação

psíquica. Na falta dos Moronstein, era a parapsicologia que zombava de mim.

vou, vou ler, sim.

Tomei fôlego, com a reiterada cara de bobo. Era a primeira vez que o inglês teria serventia real em minha vida besta.

vamos lá... hum...
capítulo I. o senhor das trevas... ascende.
digo, a ascensão... o despertar do senhor das trevas.

[...]

"os dois homens apareceram do nada,
a poucos metros de distância, na estreita ruazinha
iluminada pela lua.
por um segundo, esperaram quietos,
apontando a varinha para o peito um do outro e..."

e aí, eles dispararam certeza, né?

oi? não, eles...

já vi tudo como isso aí termina, sem novidade.

A velocidade deprimente de minha tradução simultânea era menor que a rapidez atômica dos julgamentos e questões do filho de Joana. Sem que eu tivesse a menor chance de redenção, pegou Harry das minhas mãos e, assumindo as rédeas, continuou a leitura da maneira que lhe convinha.

chato demais começar com dois homens numa ruazinha,

a não ser que...

Os dois homens, de súbito, viraram nós. A estreita ruazinha transformou-se naquela de sua casa. A lua era o olhar ciclópico de Deus, arrisquei.

que, ciclo o quê?

Perdido nas novas realidades e nas palavras embolsadas que aprendi com Amanda, pedi que ele me desse espaço: eu também queria inventar. E assim nos ajeitamos, cada um responsável por uma frase, em revezamento organizado, abertos aos infinitos caminhos traçados por nossas imaginações.

Chegando a esta parte de minha recapitulação, sublimada aqui a duras penas, me arrependo profundamente de não ter registrado em meu diário a íntegra dos termos, tramas e trajetos engendrados por nossa coautoria.

Lembro apenas que a contação — do enredo, da vida — terminava em despedida. Os moços ficcionais, entusiasmados por tantas voltas extraordinárias pelas ruas e pela lua, tinham que voltar para suas casas. Pouco afeito a encerramentos, arrisquei um final aberto.

um dia podemos fazer o mesmo passeio
só que na minha rua, que tal?,

disse meu personagem, em sua última fala.

Embora muito tenha sido esquecido, minha lembrança se agarra fascinada à engenhosa frase com que meu pequeno xará coroaria nossa história. Ainda escorregando em algumas construções da língua, acometido por lapsos e embaralhamentos, a resposta ao convite fantasioso veio com o esmero de um poeta em alfabetização:

combinado.
amanhã eu vou lá hoje.

Amanhã, eu vou lá hoje. Reatar as duas pontas do tempo, bagunçar as pontas do tempo. Da janela do quarto, sob aquele céu envaidecido e ainda estrelado, vi, então, um vulto caminhando na grama. Era Abrão que, fumando seu cigarro, olhava para os milhões de mortos encarnados nos pontos brilhantes da noite.

Será que sua vez na fila de Joana ainda não tinha chegado? Ou, ao contrário, aquela era a pitada e o respiro que, nos filmes, sempre sucedem o gozo? Quis berrar a plenos pulmões e revelar a situação absurda à qual eu estava sendo submetido. (Eu? Jura?) Mas, então, o menino me chamou. Nanico demais para enxergar o que se passava pela janela, exigia a volta de seu parceiro. Voltei.

Os sons de conversa pouco a pouco aumentavam no jardim e aqueles sessenta minutos combinados entre as partes encaminhavam-se a um fim. Despreocupado com a contagem regressiva, meu amiguinho prosseguia, concentrado e destemido, enternecendo nossa amizade e o destino de todos os Harrys.

amanhã eu vou lá hoje, prometo.

Delegado a entretê-lo, me vi do avesso — tinha sido ele, e não eu, o responsável por fazer daquela hora uma missão mais fácil.

Insubmisso às origens, aos fatos, aos fardos, às famas, o filho me mostrava que qualquer futuro, embora precise do passado e suas lições, respirará um tantinho melhor sem todos os estigmas que o antecedem. Lembrar, relembrar?

No choque de dois universos, tentamos um mundo comum na madrugada de 23 de julho de 2007. Estávamos vivos e pensantes, elaborando o antes e o depois no presente da boa companhia.

0h30

Nunca soube se Joana me reconheceu. Nunca soube o que foi feito dela e de seu menino. E prometo, daqui para a frente, em nossa desmemória, que nunca mais pensarei nisso.

(Quando esquecer é também incentivar outros destinos?)

Antes de sair, ela me agradeceu pelo cuidado, disfarçando a estafa e a rotina, em esforço sobre-humano para se fazer atenta às narrativas, nossas narrativas, que o garotinho se entusiasmava ao relatar.

aí o tio harry disse que...
e... fora que...
porque no final...
legal, né, mãe?

Quando Josimar deu a partida, o menino, do banco de trás, exclamou um até logo. Joana, desapaixonada por cada um de nós, não deu atenção e colocou o cinto, no recado óbvio de que não voltaríamos a nos encontrar; fechada a porta do carro, a barreira entre dois mundos se reergueu.

Sobre o que aconteceu nos quartos vizinhos, nunca procurei saber. Antes que eu subisse as escadas, porém, ouvi de Gael seu deslumbramento pelas tatuagens no corpo de Lidiane.

joão-de-barro, colibri, rouxinol, sabiá, o caralho,
o corpo da mina parecia um aviário.

...

quê?

...

que foi, harry?

...

no corpo da moça,
as tatuagens... eram fadas.

...

fada? não.
era um monte de pássaro colorido.

tem certeza, gael?

que cê tá falando, harry?
cê viu ela pelada, por acaso?

não, mas se não for fada...

se não for fada, o quê, cara?

se não for fada... nada, boa noite.

Eu pararia por ali.

Sem papos, nem resumos, fechado a ouvir os relatos épicos de uma farra noturna, entrei no cômodo que me cabia e, pequeno demais para certezas, só tive forças para apagar a luz e deitar.

1h

A casa já estava em silêncio. As vozes de Gael e Tuto eram sussurros distantes. De quando em quando, uma risada. Imediatamente seguida de outra. E outra. Agora espaçadas. Mais uma. Risada. Mais nada. Os intervalos entre sons foram aumentando, aumentando, até o relógio avançar e calar tudo ao redor, no descanso merecido dos guerreiros.

Olhos fechados. Ouvidos mudos. Semiadormecido. Descendo ao fundo, ao fundo, entre a vigília e o sono, despenco na cratera aberta pela explosão do avião e nas covas formadas na cidade e em nós naquele ano.

Acordo gritando e nem dormido eu tinha.

Palpito.

Havia anos que minha perna não doía.

harry?
harry?
acordado?

abrão, é você?

posso entrar?

O cheiro de cigarro se antecipou a ele. Disse que tinha me ouvido implorar por ajuda durante o sono, gritando seu nome, o de sua avó e o de Amanda. Pedi desculpas, a gente não escolhe o que sonha. Nem os nomes que, sonhando, grita.

Perguntou se eu estava bem e, agora sabendo que tudo estava sob controle, se disse honrado com meus berros por seu nome. Abrão tinha classe.

Desejou boa-noite, completando que logo, logo amanheceria e poderíamos nadar na piscina do condomínio, andar de bicicleta ou, vai saber, caçar uns sapos. Minha escolha. Emendou mais um boa-noite, mas ficou. Parecia esperar alguma coisa de mim. Na falta de resposta, perguntou se podia dar um tempo ali no meu quarto.

um tempo até o quê?

até piscina. bicicletas. os sapos.

Abrão se aconchegou ao meu lado. Não sei se pelo frio da noite ou pelo calor de um outro corpo, um arrepio percorreu braços e pernas, numa sensação que nada tinha de ruim. Na falta de assunto imediato, lhe ocorreu perguntar se eu não estava curioso. Se não me interessava saber quais rumos a visita de Lidiane tinha tomado.

Não. Nada me faria mergulhar naquela história; muito menos curiosidade. Nada me faria voluntário da escuta nem da fala. Deixaria Joana onde sempre esteve, vagando nos desterros da minha infância. Que ela tivesse a chance de agora seguir como Lidiane era a cortesia mínima que eu poderia lhe dar. Joana permaneceria Lidiane e as intimidades do sexo seguiriam como assunto exclusivo dos mais velhos.

(Fadas ou pássaros?)

Tudo isso manifestei verbalizando um sussurrado não quero saber, sem detalhes, nem funduras. E, Abrão, você me respeitou.

Hoje, ele me deixaria ser quem eu conseguisse.

A madrugada, no entanto, parecia amolecer o meu amigo.

Molinho, irrequieto, ele não nos permitia o silêncio. Dispensando causa e efeito, embaralhava temas seguindo lógica própria, sem filtro entre cérebro e voz, à medida que lhe ocorriam:

harry... que imagem você tem de mim?

Lá vem. Abrão, a nascente de um rio. Um tsunami de raciocínios. O mar.

Aquela conversa me escapava, bem como o significado total das perguntas, seus motivos e impulsos. A escuridão do quarto lançava Abrão à fragilidade e me convidava a segui-lo, indefeso. Hipnose.

Encarando o teto sem estrelas, quase falando ao nada, a quem quer que quisesse ouvi-lo, Abrão começava a comparar a existência humana a uma grande locomotiva.

Entramos nas vidas uns dos outros no ponto avançado de um caminho semipercorrido. Em vão, mas sedentos por conhecer o percurso do trem anterior à nossa entrada, tentaremos imaginar as curvas das trilhas ultrapassadas, a temperatura da partida, a beleza ou devassidão das paisagens que não pudemos conhecer, as feições dos passageiros que, há muito ou pouco, desceram na estrada.

você não sabe como eu era antes, harry.

A tentativa de recomposição desses momentos não partilhados, aos quais se tem acesso apenas pelas histórias contadas pelos outros, esbarrará sempre na imagem impositiva que o presente nos oferece.

e quando a gente se conheceu, eu tava triste.
vai me ver como triste por toda a eternidade.

Mesmo que produto de toda uma jornada daqueles que chegam, será sempre a primeira impressão que se fixará em nossos julgamentos presentes e futuros. Dela, jamais conseguiremos fugir. E, para Abrão, poucas coisas no mundo seriam mais injustas do que essa.

abrão, não sei se entendi.

...

harry, você me vê como uma pessoa triste?
não quero que minha tristeza de agora te faça achar que eu sou triste.
eu já fui feliz.

...

Nunca tinha considerado Abrão uma pessoa triste. Por tempos e tempos, temi que ele, por sua vez, me visse assim. A tristeza era meu predicado, meu ativo mimado — não dele.

harry, minha avó tinha um orkut, sabia?
tenho me comunicado com ela.

Os caminhos de Abrão eram tortos — associações livres, sem atalhos, ou apenas feitos deles. Eu, por minha vez, nem sabia que velhos eram permitidos no Orkut. O que, concordo, fazia algum sentido, pois antes de velhos, quem diria, os velhos eram pessoas.

Abrão, mais uma vez, abria o coração sobre sua avó. Dizia esperar por ela, ouvia seus passos à porta durante aquela noite.

mas era o vento, e não ela,
quem batia à porta.
tenho sonhado com ela,
quase discado seu número,
no impulso de um papinho leve.
mas toca, toca, toca
e ninguém atende.
ainda bem.

No Orkut, no entanto, a avó vivia, apesar do tempo. Fotos, vídeos, mensagens guardadas, flutuando na nuvem. A identidade que quis construir para si mesma e transmitir ao mundinho dos netos continuava intacta, em um domínio seguro protegido contra a ação dos anos. Mais que uma página, sua sobrevivência online tornava-se um convite para que Abrão continuasse depositando ali suas saudades.

Mas os mortos insistem em não responder.

Um dia, pensei, aquele site se transformaria em um cemitério virtual, no sabe-se-lá-como a virtualização da vida alteraria a nossa compreensão da morte. Abrão repetia as palavras que, quinze horas antes, tinha me dito no carro.

não consigo lidar com o fim das coisas.
não consigo.

Pensamos juntos a morte. Abrão era um pouquinho mais velho e, por mais que se considerasse adulto desde 2005, isso não fazia dele menos criança. Escondido em corpo grande, nos modos sóbrios e na calvície, ele não passava de um menino tateando suas primeiras vezes. Tão menino quanto eu. Quanto nós.

nada ali diz que minha avó está morta.
eu e ela estamos juntos no mesmo lugar.

mas... ela morreu, abrão.

...

desculpa, eu não quis ser indelicado.

hm, tudo bem. tudo certo, harry. deixa quieto.

é, eu... só queria dizer que acontece.
digo, um dia a gente também vai.

vai o quê? morrer ou ficar vivo em algum site do futuro?

[rimos]

Hoje lhe diria, em concordância, que ainda não sabíamos — e nem sabemos — lidar com a morte. Não defrontamos sua aparência por receio do choque. Não mencionamos a palavra com medo de atraí-la. Pensar positivo é fechar-se aos seus gritos. E, na tentativa de dobrá-la, sustentamos simulacros de vida no convívio virtual, na brincadeira da vida eterna. Envelheceríamos mal, Abrão. Você sempre soube.

mas e a saudade?
harry, você me vê como uma pessoa triste?

Lembro de Abrão reiterar. Lembro, também, de pensar que o comentário de Abrão era só fruto de alguma insegurança de momento. Insegurança que eu nunca antes tinha reparado nele. Se indício do luto, da noite ou fruto das crateras da morte, a tristeza de Abrão não era algo a se esconder; era, na verdade, um sinal sensível de vida, de atenção profunda aos nossos limites e nossas brumas. Presença. Humana.

um mundo sem avós, harry.
já não sobrou mais nenhum.
a fila anda um passo.
eu agora ocupo a posição dos meus pais na antessala da morte.

Antessala da morte, um termo memorável.
Harry Potter e a antessala da morte, um bom título.

A tristeza dos netos, descobri, é testemunhar seus avós envelhecerem. E a dos avós, suponho, talvez seja justamente perder a velhice dos netos. É, algo de Ruth iria viver em Abrão, e algo dele morreu com ela. Perder uma avó — a última dos quatro — é também perder uma palavra. Um pedaço da gramática. Vovó, um vocativo que nunca mais usaria. Interdição linguística, mais uma dentre tantas.

Ser judeu, quase tinha me esquecido, é sentir a ausência como um membro fantasma pulsando em seu corpo.

abrão,
acho que toda a tristeza parece eterna,

falei,

mas o futuro tá aí pra anestesiar uma por uma
e substituir por outras.

Rimos, otimistas com as tristezas por vir.

dorme que passa, abrão...
acorda que volta... fazer o quê? bora.

Foi, então, que lá fora, sem aviso, quando só os bichos da noite se faziam ouvir, um pop punk disparou na escuridão.

another turning point, a fork stuck in the road
time grabs you by the wrist, directs you where to go
so make the best of this test, and don't ask why
it's not a question, but a lesson learned in time
it's something unpredictable
but in the end, it's right
i hope you had the time of your life

Trilha sonora da insônia de um dos vizinhos ou da intervenção cafona de Deus, "Time of Your Life" transformava aquela madrugada em uma cena melosa de carinho.

Abrão baixou os olhos do teto em direção ao meu rosto.

E ali fixou.

Os dois sabiam. Os dois sempre sabem.

so take the photographs and still frames in your mind
hang it on a shelf in good health and good time

Minha barriga, meu estômago, minha alma derreteram em formigamento. E antes que qualquer outro pensamento atravessasse os recalques de uma vida toda,

aconteceu.

Beijar na boca.

Do olhar fixo ao toque dos lábios, perdi o entre.

Quando notei, aqui estava a língua dele se enovelando à minha, convidando à dança quem nunca soube dançar. Em mãos, em boca, eis a chave de uma prisão dentro da qual, havia tempos e tempos, eu me sentia trancado. De um instante ao outro, com atraso de anos eternos, eu era agora um ser beijado.

tattoos of memories, and dead skin on trial
for what it's worth, it was worth all the while

Saliva: quem imaginaria não ser tão ruim? Ou, melhor ainda, o seu mais rebuliçado contrário?

it's something unpredictable
but in the end, it's right
i hope you had the time of your life

Mais um mistério do mundo permanecia, assim, incógnito, como num vaivém milenar das estrelas e dos antepassados, que, mesmo mortos — ou por assim estarem —, explodem em luz até nós.

abrão, aquilo é uma estrela ou avião?
faz um pedido.

é um avião, harry.

faz um pedido.

Quando uma estrela se move, alguns dão a ela o nome de avião. A esta estrela, porém, não cabem pedidos, juramentos, nem promessas de que serei-uma-pessoa-melhor-se. É, no entanto, por observar essa mesma estrela com tamanha curiosidade e espanto... que um jovem casal descobre a rapidez das nuvens... que um garoto arrisca seu primeiro beijo... que um bêbado pensa ser dono do mundo... e que um piloto de avião, percebendo-se estrela, insiste em continuar voando.

As últimas noites das férias às vezes são assim: eu, que minguava feito a lua, termino crescente feito a lua. Assim como as pedras, as árvores, as dores e os velhos, os novos amores envelhecem um pouquinho. Beijar um homem me aproximava de Deus.

Ao amanhecer, o céu aberto recolhia, vedados, seus milhões de segredos, injúrias e flagrantes, legando a nós dois o calor alienante dos trópicos e um gostinho cordial de afeto, tonteria boa feito um leve estrabismo de alegria.

A respeito do livro de Harry embaraçado aos lençóis — páginas e páginas sufocadas sob dois corpos jovens em conchinha —, preferi deixar sua leitura para depois. Quem sabe para um dia calmo e sereno, no qual eu acordasse disposto a encarar o capítulo final, ou talvez o primeiro, daquela tão breve quanto interminável juventude.

(Fadas ou pássaros?)

Epílogo

[um pouco do que veio depois, mas não muito]

Mas, por Deus, como foi que Harry sobreviveu?

Minerva McGonagall, em *Harry Potter e a pedra filosofal*

No primeiro dia de aula do segundo semestre, Amanda me recebeu com espanto. Minha voz estava mais grossa. Ou era impressão? Impressão, talvez. Algo havia mudado, não sabia bem o quê. Eram tempos de estirão. Os homens voltavam mais espinhudos, altos e no auge do desconjunto. Devia ser isso. Devia ser.

Se o estirão dói, eu não soube bem responder. Mas ainda gostava da companhia de Amanda e de suas curiosidades e de nossos quases e verbalizei esse prazer com um convite para ir ao cinema.

No ônibus, perguntei sobre suas férias. Já não me lembro da resposta, mas à época aprendi fatos curiosos sobre seu passeio ao norte do país. Falésias. Dunas. Buggies sem morte. Elaboração.

Que energia radiante era essa dentro de mim, também não soube explicar.

Contei apenas que tinha feito o que costumava fazer nas férias de infância — respirar em recantos de sabiás.

seu pai não vendeu a casa, harry?

o abrão tem casa lá. o abrão da sala b, sabe?

ele não foi pra intercâmbio?

foi, vai ficar um ano fora, mas antes disso a gente viajou.

legal, harry, legal.

Na porta do Cinemark, ela me deixou escolher o filme. O pôster do recém-lançado *Harry Potter e a ordem da Fênix*, o quinto da saga, nos encarava em desafio. Olhei para Radcliffe, ele me olhou.

duas meias para duro de matar 4.0, por favor

Naquela sessão, o celular de minha mãe não precisou tocar em socorro. Com Bruce Willis e B.V. perdido há mais de uma semana, tudo tornou-se instantaneamente mais seguro.

Livres para passear sozinhos por um shopping de luz branca, em nossa liberdade jovem e bem paulistana, avistamos o grande estoque das *Relíquias da morte* reluzindo em uma vitrine. Adultinhos, esnobamos também os livros.

comprou o último?

comprei.

leu?

não li.

harry, desse jeito você vai perder sua alcunha.

alcunha? o que é alcunha, amanda?

é apelido.

e por que você não falou apelido?

eu gosto de alcunha.

Alcunha. Era mais um dos termos que Amanda me ensinava. Um dia, eu o usaria como me conviesse. Por ora, aproveitei para lhe dizer que, de todas as palavras difíceis que tinha me ensinado ao longo dos anos, a única que jamais esgotaria seu significado era *amor*. E ela então me beijou, porque, além do meu beijo, gostava de nossa língua.

Sorri e, diante de seu rosto assustado pelos próprios impulsos, argumentei que não havia motivos para vergonha.

para, é só um beijo, amanda.

Ela se desculpou. E emendou com a versão sem cortes de suas férias — sobre tudo aquilo que ultrapassava as florestas, trilhas, insetos, praias, dunas, falésias, buggies sem mortes. Norte, horizonte: tinha conhecido um gringo de albergue, pele vermelha e violão, por quem se disse apaixonada. Uma vez Amanda, sempre.

Naquela noite, enfim dormimos juntos, trancamos também juntos a nossa porta e, de minha juventude com Amanda, resta apenas um calo na lembrança.

Se tivéssemos prestado mais atenção em nossas aulas de matemática, saberíamos que duas paralelas só conseguem passear no infinito. Até lá, seríamos amigos, neuróticos, doidinhos, buscando eternamente novas formas para um velho desencontro.

se despedir das coisas quando jovem
é garantir sua eternidade,

ela publicaria anos depois, em um livro dedicado a mim.

Sobre Abrão, a vida adulta me levaria a entender que, mesmo se o convidasse para reviver aquela noite mil vezes — tentando reproduzir o cenário, o horário e suas mais exatas condições —, nunca alcançaríamos o sentimento da primeira vez, a sensação implosiva e inexplicável de um corpo não dar conta do próprio conteúdo. A paixão, um instante. O tempo, um perigo.

Abrão me deixou como herança as mais altas expectativas, as cores inatingíveis das novelas adolescentes. Durante anos e anos, eu desperdiçaria relações tentando medi-las pela régua do distante 23 de julho de 2007.

O amor não é um encontro entre pessoas; é um encontro entre momentos. E momentos passam. A distância que hoje nos separa — em tempo, espaço — segue sendo o motor maior da imaginação humana.

Não, nunca tivemos a chance de pensar juntos nos meninos que fomos, nas madrugadas do princípio de tudo, quando, quietos, enlaçados, mudos, ignorávamos até quando duraria o amor,

até quando?

Deixo aqui, então, uma crônica de fins e reinícios, séculos e séculos depois, nos *greatest hits* da minha tristeza de boca cheia. Preguiça.

Um livro só meu, vejam só, em um mundo emaranhado de nós. Ser judeu é um pouco isso também, não é?: procurar o que dizer quando tudo já foi dito.

E tudo para dizer que

crescer talvez seja apenas existir em movimento... desconfinando... desconfinando... implodindo banheiros e banhos, fornos e campos, brasis e casas e quartos e contos de fadas, apartamentos e seus traumas em cartas, condomínios e muros e muros e muros, as mais fundas raízes de memórias; os anos em mim.

E viver,
viver ainda,
para que, recolhida a noite,
renasça, vibrante, um outro sol.

(Fadas ou pássaros?)

Agradecimentos

Ao editor Leandro Sarmatz, a Alfredo Setubal e à toda equipe da Todavia, agradeço pela confiança entusiasmada e pela sensibilidade em apontar caminhos.

Natália Jardanovski e Pedro Beresin, primeiros leitores, que, ainda bem, levaram um delírio a sério. Gabriela Boeri, que vive de construir pontes; sempre ela, sorte a nossa. Rita Mattar e Luna Grimberg, graças a Deus. Caio Zampronha, Marcelo Moraes e Daniel Guinezi, que leram e disseram vai. Gabriela Pini e Daniel Korn, presentes quando a ideia surgiu. Tainá Mühringer, parceira de livros e filmes faz um tempão. Chico Brito Cruz, Ivan de Franco, Quico Meirelles, Tom Hamburger, Fernanda Frotté, Rafa Rique, Arthur Decloedt, Pedro Moscalcoff, Benjamin Feldmann, Biel Basile, Maria Basile, André Zurawski, Gabriel Rolim, Thomas Huszar, Samya Pascotto, Julia Anquier, Maria Beraldo, Pedro Santos, Sofia Mariutti, Vinicius Calderoni, Rafael Gomes, Paula Marujo, Rafael Kruchin, Isabela Mariotto, Hugo Shimura, Bruno Guide, Rodrigo Provazi e Zé Ibarra, por tantos papos. Rosemary Arrojo, cuja paixão zelosa pelas letras está na origem da coisa toda. Tim Bernardes e Gui D'Almeida, os irmãos deste filho único — nós, clubinho. Maria e Sérgio, minhas figuras prediletas. Catharina, Luiz, Raphael e Regina, que foram, mas ficaram.

E, claro, a você que chegou até a última página de um livro cheio de gente.

Grafia atualizada segundo o Acordo Ortográfico da Língua Portuguesa de 1990, que entrou em vigor no Brasil em 2009.

capa
Filipa Pinto | Foresti Design
composição
Lívia Naomi Takemura
preparação
Julia de Souza
revisão
Huendel Viana
Raquel Toledo

Dados Internacionais de Catalogação na Publicação (CIP)

Poroger, Felipe (1990-)
Alguém sobrevive nesta história / Felipe Poroger.
— 1. ed. — São Paulo : Todavia, 2025.

ISBN 978-65-5692-778-7

1. Literatura brasileira. 2. Romance. 3. Ficção.
4. Literatura contemporânea. 5. Judaísmo. 6. Leitura.
I. Harry Potter. II. Título.

CDD B869.3

Índice para catálogo sistemático:
1. Literatura brasileira : Romance B869.3

Bruna Heller — Bibliotecária — CRB 10/2348

todavia
Rua Luís Anhaia, 44
05433.020 São Paulo SP
T. 55 11. 3094 0500
www.todavialivros.com.br

fonte
Register*
papel
Pólen natural 80 g/m²
impressão
Geográfica